Reclams klassischer Weihnachtsabend

Reclams klassischer Weihnachtsabend

Herausgegeben von Karl-Heinz Göttert

Reclam

RECLAMS UNIVERSAL-BIBLIOTHEK Nr. 14735
2025 Philipp Reclam jun. Verlag GmbH,
Siemensstraße 32, 71254 Ditzingen
info@reclam.de
Umschlagabbildungen: © shutterstock.com / Hanna Hushko
Druck und Bindung: Druckerei C.H.Beck,
Bergerstraße 3–5, 86720 Nördlingen
Printed in Germany 2025
RECLAM, UNIVERSAL-BIBLIOTHEK und
RECLAMS UNIVERSAL-BIBLIOTHEK sind eingetragene Marken der Philipp Reclam jun. GmbH & Co. KG, Stuttgart
ISBN 978-3-15-014735-1
reclam.de

FSC www.fsc.org
MIX
Papier | Fördert gute Waldnutzung
FSC® C019821

Inhalt

Vorwort

Der Weihnachtsabend ist in der westlichen Kultur das wichtigste Fest. Er bildet den Ausgangspunkt der Heiligen Nacht, in der nach christlicher Lehre die Geburt des Erlösers Jesus Christus gefeiert wird – daher auch die Bezeichnung als Heiligabend. Die hohe Bedeutung ist relativ jung und löst eine andere heilige Nacht ab, nämlich die von Ostern als Fest der Auferstehung Jesu und damit Vollendung der Erlösung – theologisch nach wie vor die entscheidende christliche Botschaft und auch das ›höchste‹ Fest.

Der Umschwung in der Rolle als Hauptfest im christlichen ›Volk‹ und mittlerweile ohne tiefere Bezüge zur Theologie geht auf die Umformung des Geburtsfestes als Familienfest zurück, wie es die Szenerie von Maria und Josef mit dem Kind in der Krippe nahelegte. Er vollzog sich in der Romantik; der Theologe und Philosoph Friedrich Schleiermacher hat dazu 1806 in einem literarischen Gespräch mit dem Titel *Die Weihnachtsfeier* einen prägenden Beitrag verfasst.

Seither kamen immer mehr Elemente hinzu, die heute unverzichtbar erscheinen: die Feier im Familienkreis mit Tannenbaum und Tannengrün, Kerzen und mittlerweile LED-Beleuchtung, die Beschenkung (nicht nur) der Kinder, lange Zeit auch das gemeinsame Singen. All dies hat in der Literatur (und von da aus im Film) Spuren hinterlassen. Es gibt zahlreiche Gedichte zum Fest, etliche Erzählungen sowie die Tradition des Weihnachtsbriefs.

Im Folgenden wurde daraus eine Auswahl getroffen – verbunden mit dem Gedanken, am Weihnachtsabend oder zur Vorbereitung darauf besonders Gelungenes zu lesen oder nach langer Zeit wieder zu lesen, sich vielleicht auch überraschen zu lassen von Beiträgen, die man nicht kannte und bei vertrauten Autorinnen und Autoren so nicht vermutete. Vorausgesetzt natürlich, man betrachtet die Literatur immer noch als ein Medium, das unsere Vorstellungen prägt, die Sinne schärft und unser Erleben der Welt bereichert.

Martin Luther hat nicht nur die Bibel ins Deutsche übersetzt, sondern auch die Tradition der lateinischen Messgesänge durch deutsche Kirchenlieder ersetzt. Teilweise wählte er Texte aus der Gregorianik (wie das Pfingstlied »Komm, Gott Schöpfer, heiliger Geist«), teilweise schuf er Katechismuslieder (wie »Dies sind die heilgen zehn Gebot«), teilweise dichtete er freie Fassungen zu den kirchlichen Feiertagen. Zu Letzteren gehört »Vom Himmel hoch, da komm ich her«, veröffentlicht 1535, zunächst mit der Melodie eines Volkslieds, später mit der heute gewohnten eigenen Vertonung. Zugrunde liegt die Weihnachtsgeschichte, die wie ein Krippenspiel anmutet und zum Schluss in die Aufforderung zum volkstümlichen Kindelwiegen übergeht.

MARTIN LUTHER

Vom Himmel hoch, da komm ich her

Vom Himmel hoch, da komm' ich her,
ich bring' euch gute neue Mär,
der guten Mär bring' ich so viel,
davon ich sing'n und sagen will.

Euch ist ein Kindlein heut' geborn
von einer Jungfrau, auserkorn;
das Kindelein so zart und fein,
das soll eu'r Freud' und Wonne sein.

Es ist der Herr Christ, unser Gott,
der will euch führ'n aus aller Not,
er will eu'r Heiland selber sein,
von allen Sünden machen rein.

Er bringt euch alle Seligkeit,
die Gott, der Vater, hat bereit',
dass ihr mit uns im Himmelreich
sollt leben nun und ewiglich.

Lob, Ehr' sei Gott im höchsten Thron,
der uns schenkt' seinen ein'gen Sohn;
des freuen sich der Engel Schar'
und singen uns solch's neues Jahr.

Dorothee Sölle verband Religion mit gesellschaftlichem und politischem Engagement: Als evangelische Theologin setzte sie sich für ökumenische Verständigung und Feminismus ein. Neben ihren zahlreichen Büchern hat sie auch Gedichte verfasst – ein Schaffen, das mit dem Droste-Preis ausgezeichnet wurde.

DOROTHEE SÖLLE

In dieser nacht

In dieser nacht
verließen die sterne ihre angestammten plätze
und zündeten lärmfeuer an
überschallschnell

In dieser nacht
verließen die hirten ihre arbeitsstellen und
schrieen sich in die verkrusteten ohren
die neuen parolen.

In dieser nacht
verließen die füchse die wärmenden höhlen
und der löwe wiegte den kopf
»das ist das ende
die revolution«

In dieser nacht
liefen die rosen der erde davon
und fingen das blühen an
im schnee

Elisabeth Borchers war nicht nur als Lektorin in verschiedenen Verlagen tätig, sondern auch selbst schriftstellerisch aktiv. Im Mittelpunkt ihres literarischen Schaffens stehen Gedichtbände, ergänzt durch Übersetzungen und Kinderbücher. Ihr Gedicht »Dezember« erschien 2006 im Gedichtband »Zeit. Zeit« zu ihrem achtzigsten Geburtstag.

ELISABETH BORCHERS

Dezember

Ich warte.
Wir warten.
Bis es endlich so weit ist.
Damals schon fiel der Schnee
Vieltausend mal tausend
auf Baum und Strauch
auf Fisch und Pferd
weiß, weißer, am weißesten.
Die Erde ein festlich gedeckter Tisch
wunderbar rein
weil bald der Stern
so leuchtend so fern
seinen Glanz über uns wirft
über Wald und Feld
und Busch und Baum
über Tag und Traum.

Emanuel Geibel war im späten 19. Jahrhundert einer der meistgelesenen Autoren. Sein Werk umfasst alle Gattungen, doch liegt der Schwerpunkt auf der Lyrik. Nur Heinrich Heine wurde öfter vertont als er. Politisch vertrat Geibel einen konservativen Kurs, wurde vom bayerischen wie vom preußischen König mit einem Ehrensold gefördert. Zum Thema Weihnachten hat er mehrere Gedichte verfasst, darunter die folgenden Verse.

EMANUEL GEIBEL

Weihnacht

Wie bewegt mich wundersam
Euer Hall, ihr Weihnachtsglocken,
Die ihr kündet mit Frohlocken,
Dass zur Welt die Gnade kam.

Überm Hause schien der Stern,
Und in Lilien stand die Krippe,
Wo der Engel reine Lippe
Hosianna sang dem Herrn.

Herz, und was geschah vordem,
Dir zum Heil erneut sich's heute:
Dies gedämpfte Festgeläute
Ruft auch dich nach Bethlehem.

Mit den Hirten darfst du ziehn,
Mit den Königen aus Osten
Und in ihrer Schar getrosten
Muts vor deinem Heiland knien.

Hast du Gold nicht und Rubin,
Weihrauch nicht und Myrrhenblüte:
Schütt' aus innerstem Gemüte
Deine Sehnsucht vor ihm hin!

Sieh, die Händchen zart und lind
Streckt er aus, zum Born der Gnaden,
Die da Kinder sind, zu laden,
Komm! Und sei auch du ein Kind!

August Heinrich Hoffmann von Fallersleben war Germanistikprofessor mit besonderem Interesse an der Geschichte der deutschen Sprache. Als ›Liberaler‹ wurde er politisch verfolgt, ging ins Exil und schrieb auf Helgoland das Lied, das zur deutschen Nationalhymne wurde. Daneben entstanden Kinderlieder, die sehr verbreitet waren (»Alle Vögel sind schon da«). Unter mehreren Weihnachtsliedern findet sich auch »Morgen kommt der Weihnachtsmann«, das mit seinen militaristischen Tönen zum Zeitgeist jener Jahre passte. Es wurde deshalb mehrfach umgedichtet. Hier folgt mit gehöriger Warnung der Originaltext, der 1837 unter dem Titel »Weihnachtslied« erschien.

AUGUST HEINRICH HOFFMANN VON FALLERSLEBEN

Morgen kommt der Weihnachtsmann

Morgen kommt der Weihnachtsmann,
Kommt mit seinen Gaben.
Trommel, Pfeifen und Gewehr,
Fahn' und Säbel, und noch mehr,
Ja, ein ganzes Kriegesheer
Möcht' ich gerne haben!

Bring' uns, lieber Weihnachtsmann,
Bring' auch morgen, bringe
Musketier und Grenadier,
Zottelbär und Panthertier,
Ross und Esel, Schaf und Stier,
Lauter schöne Dinge!

Doch du weißt ja unsern Wunsch,
Kennst ja unsre Herzen.
Kinder, Vater und Mama,
Auch sogar der Großpapa,
Alle, alle sind wir da,
Warten dein mit Schmerzen.

Rose Ausländer stammte aus einer jüdischen Familie und wuchs in Czernowitz, der Hauptstadt der Bukowina, auf. Während des Ersten Weltkriegs emigrierte sie in die USA, kehrte danach zurück und überlebte den Zweiten Weltkrieg mit knapper Not in einem Versteck. Danach wohnte sie in Wien, zuletzt in Düsseldorf. Sie schrieb vorwiegend auf Englisch und Deutsch, das Gedicht »New Yorker Weihnachten« erschien im Sammelband »Blinder Sommer« im Jahr 1965. Auf YouTube ist eine eigene Lesung der Autorin zugänglich.

ROSE AUSLÄNDER

New Yorker Weihnachten

In erträumten Türmen
läuten Glocken Mirakel

Läden fiebern
aus Drehtüren rollen Lieder
in den Tumult

Tannen lächeln
elektrische Liebe

Taube weihnachtsweiß
deine Botschaft
in welchem Reich
freundlich aufgenommen
auf welcher Tanne wächst
dein Gefieder

Die verschollenen Könige
kommen heute nach New York
mit magischen Geschenken
Sie pilgern nach Harlem
zu den Spirituals
verbrüdern sich im Hafen

Theodor Storm veröffentlichte 1848 mit »Marthe und ihre Uhr« seine erste Erzählung. Die ältere alleinstehende Dame lebt in einfachen Verhältnissen und verbringt den Weihnachtsabend in ihrer Stube – allein, doch nicht einsam, denn an all ihren alten Möbeln haften wertvolle Erinnerungen. Unaufhörlich bewegt eine alte Stutzuhr ihr Pendel, und im Rhythmus des beruhigenden Tickens beginnen Marthes Gedanken zu kreisen.

THEODOR STORM

Marthe und ihre Uhr

Während der letzten Jahre meines Schulbesuchs wohnte ich in einem kleinen Bürgerhause der Stadt, worin aber von Vater, Mutter und vielen Geschwistern nur eine alternde unverheiratete Tochter zurückgeblieben war. Die Eltern und zwei Brüder waren gestorben, die Schwestern bis auf die jüngste, welche einen Arzt am selbigen Ort geheiratet hatte, ihren Männern in entfernte Gegenden gefolgt. So blieb denn Marthe allein in ihrem elterlichen Hause, worin sie sich durch das Vermieten des früheren Familienzimmers und mit Hülfe einer kleinen Rente spärlich durchs Leben brachte. Doch kümmerte es sie wenig, dass sie nur sonntags ihren Mittagstisch decken konnte; denn ihre Ansprüche an das äußere Leben waren fast keine; eine Folge der strengen und sparsamen Erziehung, welche der Vater sowohl aus Grundsatz als auch in Rücksicht seiner beschränkten bürgerlichen Verhältnisse allen seinen Kindern gegeben hatte. Wenn aber Marthen in ihrer Jugend nur die gewöhnliche Schulbildung zuteilgeworden war, so hatte das Nachdenken ihrer späteren einsamen Stunden, vereinigt mit einem behänden Verstande und dem sittlichen Ernst ihres Charakters, sie doch zu der Zeit, in welcher ich sie kennenlernte, auf eine für Frauen, namentlich des Bürgerstandes, ungewöhnlich hohe Bildungsstufe gehoben. Freilich sprach sie nicht immer grammatisch richtig, obgleich sie viel und mit Aufmerksamkeit las, am liebsten geschichtlichen oder poetischen Inhalts; aber sie wusste sich dafür meistens über das Gelesene ein richtiges Urteil zu bilden und, was so wenigen gelingt, selbständig das Gute vom Schlechten zu unterscheiden. Mörikes »Maler Nolten«, welcher damals erschien, machte großen Eindruck auf sie, so dass sie ihn immer wieder las; erst das Ganze, dann diese oder jene Partie, wie sie ihr eben zusagte. Die Gestalten des Dichters wurden für sie selbstbestimmende lebende Wesen, deren Handlungen nicht mehr an die Notwendigkeit des dichterischen Organismus gebunden waren; und sie konnte stundenlang darüber nachsinnen, auf welche Weise das hereinbrechende Verhängnis von so vielen geliebten Menschen dennoch hätte abgewandt werden können.

Die Langeweile drückte Marthen in ihrer Einsamkeit nicht, wohl aber zuweilen ein Gefühl der Zwecklosigkeit ihres Lebens nach außen hin; sie bedurfte jemandes, für den sie hätte arbeiten und sorgen können. Bei dem Mangel näher Befreundeter kam dieser löbliche Trieb ihren jeweiligen Mietern zugute, und auch ich habe manche Freundlichkeit und Aufmerksamkeit von ihrer Hand erfahren. – An Blumen hatte sie eine große Freude, und es schien mir ein Zeichen ihres anspruchslosen und resignierten Sinnes, dass sie unter ihnen die weißen und von diesen wieder die einfachen am liebsten hatte. Es war immer ihr erster Festtag im Jahre, wenn ihr die Kinder der Schwester aus deren Garten die ersten Schneeglöckchen und Märzblumen brachten; dann wurde ein kleines Porzellankörbchen aus dem Schrank herabgenommen, und die Blumen zierten unter ihrer sorgsamen Pflege wochenlang die kleine Kammer.

Da Marthe seit dem Tode ihrer Eltern wenig Menschen um sich sah und namentlich die langen Winterabende fast immer allein zubrachte, so lieh die regsame und gestaltende Phantasie, welche ihr ganz besonders eigen war, den Dingen um sie her eine Art von Leben und Bewusstsein. Sie borgte Teilchen ihrer Seele aus an die alten Möbel ihrer Kammer, und die alten Möbel erhielten so die Fähigkeit, sich mit ihr zu unterhalten; meistens freilich war diese Unterhaltung eine stumme, aber sie war dafür desto inniger und ohne Missverständnis. Ihr Spinnrad, ihr braungeschnitzter Lehnstuhl waren gar sonderbare Dinge, die oft die eigentümlichsten Grillen hatten; vorzüglich war dies aber der Fall mit einer altmodischen Stutzuhr, welche ihr verstorbener Vater vor über fünfzig Jahren, auch damals schon als ein uraltes Stück, auf dem Trödelmarkt zu Amsterdam gekauft hatte. Das Ding sah freilich seltsam genug aus: zwei Meerweiber, aus Blech geschnitten und dann übermalt, lehnten zu jeder Seite ihr langhaariges Antlitz an das vergilbte Zifferblatt; die schuppigen Fischleiber, welche von einstiger Vergoldung zeugten, umschlossen dasselbe nach unten zu; die Weiser schienen dem Schwanze eines Skorpions nachgebildet zu sein. Vermutlich war das Räderwerk durch langen Gebrauch verschlissen; denn der Perpendikelschlag war hart und ungleich, und die Gewichte schossen zuweilen mehrere Zoll mit einem Mal hinunter. –

Diese Uhr war die beredteste Gesellschaft ihrer Besitzerin; sie mischte sich aber auch in alle ihre Gedanken. Wenn Marthe in ein Hinbrüten über ihre Einsamkeit verfallen wollte, dann ging der Perpendikel tick, tack! tick, tack! immer härter, immer eindringlicher; er ließ ihr keine Ruh, er schlug immer mitten in ihre Gedanken hinein. Endlich musste sie aufsehen; – da schien die Sonne so warm in die Fensterscheiben, die Nelken auf dem Fensterbrett dufteten so süß; draußen schossen die Schwalben singend durch den Himmel. Sie musste wieder fröhlich sein, die Welt um sie her war gar zu freundlich.

Die Uhr hatte aber auch wirklich ihren eigenen Kopf; sie war alt geworden und kehrte sich nicht mehr so gar viel an die neue Zeit; daher schlug sie oft sechs, wenn sie zwölf schlagen sollte, und ein andermal, um es wiedergutzumachen, wollte sie nicht aufhören zu schlagen, bis Marthe das Schlaglot von der Kette nahm. Das Wunderlichste war, dass sie zuweilen gar nicht dazu kommen konnte; dann schnurrte und schnurrte es zwischen den Rädern, aber der Hammer wollte nicht ausholen; und das geschah meistens mitten in der Nacht. Marthe wurde jedes Mal wach; und mochte es im klingendsten Winter und in der dunkelsten Nacht sein, sie stand auf und ruhte nicht, bis sie die alte Uhr aus ihren Nöten erlöst hatte. Dann ging sie wieder zu Bette und dachte sich allerlei, warum die Uhr sie wohl geweckt habe, und fragte sich, ob sie in ihrem Tagewerk auch etwas vergessen, ob sie es auch mit guten Gedanken beschlossen habe.

Nun war es Weihnachten. Den Christabend, da ein übermäßiger Schneefall mir den Weg zur Heimat versperrte, hatte ich in einer befreundeten, kinderreichen Familie zugebracht; der Tannenbaum hatte gebrannt, die Kinder waren jubelnd in die lang verschlossene Weihnachtsstube gestürzt; nachher hatten wir die unerlässlichen Karpfen gegessen und Bischof dazu getrunken; nichts von der herkömmlichen Feierlichkeit war versäumt worden. – Am andern Morgen trat ich zu Marthe in die Kammer, um ihr den gebräuchlichen Glückwunsch zum Feste abzustatten. Sie saß mit untergestütztem Arm am Tische; ihre Arbeit schien längst geruht zu haben.

»Und wie haben Sie denn gestern Ihren Weihnachtsabend zugebracht?«, fragte ich.

Sie sah zu Boden und antwortete: »Zu Hause.«

»Zu Hause? Und nicht bei Ihren Schwesterkindern?«

»Ach«, sagte sie, »seit meine Mutter gestern vor zehn Jahren hier in diesem Bette starb, bin ich am Weihnachtsabend nicht ausgegangen. Meine Schwester schickte gestern wohl zu mir, und als es dunkel wurde, dachte ich wohl daran, einmal hinzugehen; aber – die alte Uhr war auch wieder so drollig; es war akkurat, als wenn sie immer sagte: Tu es nicht, tu es nicht! Was willst du da? Deine Weihnachtsfeier gehört ja nicht dahin!«

Und so blieb sie denn zu Haus in dem kleinen Zimmer, wo sie als Kind gespielt, wo sie später ihren Eltern die Augen zugedrückt hatte und wo die alte Uhr pickte ganz wie dazumalen. Aber jetzt, nachdem sie ihren Willen bekommen und Marthe das schon hervorgezogene Festkleid wieder in den Schrank verschlossen hatte, pickte sie so leise, ganz leise und immer leiser, zuletzt unhörbar. – Marthe durfte sich ungestört der Erinnerung aller Weihnachtsabende ihres Lebens überlassen: Ihr Vater saß wieder in dem braungeschnitzten Lehnstuhl; er trug das feine Sammetkäppchen und den schwarzen Sonntagsrock; auch blickten seine ernsten Augen heute so freundlich; denn es war Weihnachtsabend, Weihnachtsabend vor – ach, vor sehr, sehr vielen Jahren! Ein Weihnachtsbaum zwar brannte nicht auf dem Tisch – das war ja nur für reiche Leute –, aber stattdessen zwei hohe dicke Lichter; und davon wurde das kleine Zimmer so hell, dass die Kinder ordentlich die Hand vor die Augen halten mussten, als sie aus der dunkeln Vordiele hineintreten durften. Dann gingen sie an den Tisch, aber nach der Weise des Hauses ohne Hast und laute Freudenäußerung, und betrachteten, was ihnen das Christkind einbeschert hatte. Das waren nun freilich keine teuern Spielsachen, auch nicht einmal wohlfeile, sondern lauter nützliche und notwendige Dinge, ein Kleid, ein Paar Schuhe, eine Rechentafel, ein Gesangbuch und dergleichen mehr; aber die Kinder waren gleichwohl glücklich mit ihrer Rechentafel und ihrem neuen Gesangbuch, und sie gingen eins ums andere, dem Vater die Hand zu küssen, der währenddessen zufrieden lächelnd in seinem Lehnstuhl geblieben war. Die Mutter mit ihrem milden freundlichen Gesicht unter dem eng anliegenden Scheiteltuch band ihnen die neue Schürze vor und malte ihnen Zahlen und Buchstaben zum Nachschreiben auf die neue Tafel. Doch sie hatte nicht gar lange Zeit, sie musste in die Küche und Apfelkuchen backen; denn das war für die Kinder eine Hauptbescherung am Weihnachtsabend; die mussten notwendig gebacken werden. Da schlug der Vater das neue Gesangbuch auf und stimmte mit seiner klaren Stimme an: »Frohlockt, lobsinget Gott«; die Kinder aber, die alle Melodien kannten, stimmten ein: »Der Heiland ist gekommen«; und so sangen sie den Gesang zu Ende, indem sie alle um des Vaters Lehnstuhl herumstanden. Nur in den Pausen hörte man in der Küche das Hantieren der Mutter und das Prasseln der Apfelkuchen. – –

Tick, tack! ging es wieder; tick, tack! immer härter und eindringlicher. Marthe fuhr empor; da war es fast dunkel um sie her, draußen auf dem Schnee nur lag trüber Mondschein. Außer dem Pendelschlag der Uhr war es totenstill im Hause. Keine Kinder sangen in der kleinen Stube, kein Feuer prasselte in der Küche. Sie war ja ganz allein zurückgeblieben; die andern waren alle, alle fort. – Aber was wollte die alte Uhr denn wieder? – Ja, da warnte es auf elf – und ein anderer Weihnachtsabend tauchte in Marthens Erinnerung auf, ach! ein ganz anderer; viele, viele Jahre später! Der Vater und die Brüder waren tot, die Schwestern verheiratet; die Mutter, welche nun mit Marthen allein geblieben war, hatte schon längst des Vaters Platz im braunen Lehnstuhl eingenommen und ihrer Tochter die kleinen Wirtschaftssorgen übertragen; denn sie kränkelte seit des Vaters Tode, ihr mildes Antlitz wurde immer blässer, und ihre freundlichen Augen blickten immer matter; endlich musste sie auch den Tag über im Bette bleiben. Das war schon über drei Wochen, und nun war es Weihnachtsabend. Marthe saß an ihrem Bett und horchte auf den Atem der Schlummernden; es war totenstill in der Kammer, nur die Uhr pickte. Da warnte es auf elf, die Mutter schlug die Augen auf und verlangte zu trinken. »Marthe«, sagte sie, »wenn es erst Frühling wird und ich wieder zu Kräften gekommen bin, dann wollen wir deine Schwester Hanne besuchen; ich habe ihre Kinder eben im Traume gesehen – du hast hier gar zu wenig Vergnügen.« – Die Mutter hatte ganz vergessen, dass Schwester Hannes Kinder im Spätherbst gestorben waren; Marthe erinnerte sie auch nicht daran, sie nickte schweigend mit dem Kopf und fasste ihre abgefallenen Hände. Die Uhr schlug elf. –

Auch jetzt schlug sie elf – aber leise, wie aus weiter, weiter Ferne. –

Da hörte Marthe einen tiefen Atemzug; sie dachte, die Mutter wolle wieder schlafen. So blieb sie sitzen, lautlos, regungslos, die Hand der Mutter noch immer in der ihren; am Ende verfiel sie in einen schlummerähnlichen Zustand. Es mochte so eine Stunde vergangen sein; da schlug die Uhr zwölf! – Das Licht war ausgebrannt, der Mond schien hell ins Fenster; aus den Kissen sah das bleiche Gesicht der Mutter. Marthe hielt eine kalte Hand in der ihrigen. Sie ließ diese kalte Hand nicht los, sie saß die ganze Nacht bei der toten Mutter. –

So saß sie jetzt bei ihren Erinnerungen in derselben Kammer, und die alte Uhr pickte bald laut, bald leise; sie wusste von allem, sie hatte alles miterlebt, sie erinnerte Marthe an alles, an ihre Leiden, an ihre kleinen Freuden. –

Ob es noch so gesellig in Marthens einsamer Kammer ist? Ich weiß es nicht; es sind viele Jahre her, seit ich in ihrem Hause wohnte, und jene kleine Stadt liegt weit von meiner Heimat. – Was Menschen, die das Leben lieben, nicht auszusprechen wagen, pflegte sie laut und ohne Scheu zu äußern: »Ich bin niemals krank gewesen; ich werde gewiss sehr alt werden.«

Ist ihr Glaube ein richtiger gewesen, und sollten diese Blätter den Weg in ihre Kammer finden, so möge sie sich beim Lesen auch meiner erinnern. Die alte Uhr wird helfen; sie weiß ja von allem Bescheid.

Ernst von Wildenbruch stammte aus hohem Adel, wirkte beruflich als Jurist und schrieb nebenbei zahlreiche literarische Werke, darunter Romane und Schauspiele, speziell mit historischen Stoffen. Sein erstes Buch erschien 1877 unter dem Titel »Lieder und Gesänge«. Neben Huldigungen an Bismarck finden sich darin auch zwei Weihnachtslieder, beide unter dem Titel »Weihnacht«. Das erste ist hier ausgewählt.

ERNST VON WILDENBRUCH

Weihnacht

Es tönt herüber – weit her, weit her –
aus der endlosen Zeit eine Wundermär,
wie ein Wipfelwehen, wie ein Lispeln süß
aus dem alten Garten, dem Paradies:
Ein Stern ging auf, wie kein Stern je war,
da wurde die Nacht wie der Tag so klar.
Eine Stimme kam aus des Himmels Höh'n:
»Selig die Augen, die solches sehn!
Selig das Ohr, dem die Stimme erklingt!
Selig alles, was Odem trinkt!
Denn das Wunder der Wunder geschah,
Gott wurde Mensch! Gott ist euch nah!
Der sein Kleid sich webt aus dem Sonnengold,
den der Sternenmantel der Nacht umrollt,
er stieg hernieder aus Macht und Gewalt,
zog an des Menschen Leib und Gestalt,
um selbst zu fühlen in Leib und Geist,
was das Menschenleben auf Erden heißt.«

Da wurde süß das bitter Blut,
alles, was böse, das wurde gut.
Kein Hochmut war, kein Neid der Welt,
nicht mehr herrscht das schlimme Geld,
das Herz des Menschen ging liebenden Schlag,
der Mensch war glücklich für einen Tag,
vom Übel erlöst und vom Leib befreit –
das war Weihnacht, die selige Zeit. –
Weihnacht, du strahlender Weltenbaum!
Weihnacht, du sehnender Gottestraum!
Verklungen die Mär – der Stern ist verblasst,
wiedergekommen sind Leid und Last.
Gut war böse – Liebe entwich –
Hass und Neid in die Herzen schlich.
Giftig das Blut – in den Adern der Welt
rollend geht um das rollende Geld. –
Sehnsucht schleicht an die Tür und weint,
blickt und blickt, ob kein Stern erscheint,
horcht und horcht, ob kein Laut sich regt,
der Himmelsbotschaft herniederträgt. –
Sehnsucht steht schon viele hundert Jahr,
warten und warten noch immerdar.
Störet die heilige Sehnsucht nicht!
Gott versteht, was sie lautlos spricht.
Einmal erinnert vielleicht er sich noch
seiner Menschheit und neigt sich doch;
einmal vielleicht uns vom Himmel her
einmal, noch einmal die Wundermär:

»Frieden auf Erden! Ende dem Hass!
Freude den Menschen ohn' Unterlass!
Von euch genommen ist Bosheit und Neid,
zu euch gekommen Glück ohne Leid!
Seligkeit! Seligkeit!
Weihnacht – Weihnacht, die selige Zeit!«

In drei schlichten Strophen bringt Theodor Fontane weihnachtliche Verse zu Papier: Knecht Ruprecht und sein leises Glöcklein, Symbole einer noch jungen Mythologie, stehen neben dem Weihnachtsstern, der seit jeher über dem Geschehen von Bethlehem leuchtet.

THEODOR FONTANE

Verse zum Advent

Noch ist der Herbst nicht ganz entflohn,
aber als Knecht Ruprecht schon
kommt der Winter hergeschritten,
und alsbald aus Schnees Mitten
klingt des Schlittenglöckleins Ton.

Und was jüngst noch, fern und nah,
bunt auf uns herniedersah,
weiß sind Türme, Dächer, Zweige,
und das Jahr geht auf die Neige,
und das schöne Fest ist da.

Tag du der Geburt des Herrn,
heute bist du uns noch fern,
aber Tannen, Engel, Fahnen
lassen uns den Tag schon ahnen,
und wir sehen schon den Stern.

Rainer Maria Rilke hat sich in seinen Gedichten häufig mit dem Thema Weihnachten befasst. In »Weihnacht«, 1907 in den »Neuen Gedichten« erschienen, klingt das moderne Zweifeln am kindlichen Glauben an, zu dem er sich nur noch zurücksehnen kann.

RAINER MARIA RILKE

Weihnacht

Die Winterstürme durchdringen
Die Welt mit wütender Macht. –
Da – – sinkt auf schneeigen Schwingen
Die tannenduftende Nacht …

Da schwebt beim Scheine der Kerzen
Ganz leis nur, kaum, dass du's meinst,
durch arme irrende Herzen
der Glaube – ganz so wie einst …

Da schimmern im Auge Tränen,
du fliehst die Freude – und weinst,
der Kindheit gedenkst du mit Sehnen,
oh, wär es noch so wie einst! …

Du weinst! … die Glocken erklingen –
Es sinkt in festlicher Pracht
Herab auf schneeigen Schwingen
Die tannenduftende Nacht.

E. T. A. Hoffmann erzählt die Geschichte der kleinen Marie, der es am Weihnachtsabend gestattet ist, sich noch ein wenig mit ihren neuen Spielsachen zu beschäftigen – darunter ein Nussknacker. Im Spiel versunken, schläft sie ein und träumt von phantastischen Gestalten. Diese Erzählung diente später als Vorlage für das weltberühmte Ballett, das Peter Tschaikowsky vertonte.

E.T.A. HOFFMANN

Nussknacker und Mausekönig

Der Weihnachtsabend

Am vierundzwanzigsten Dezember durften die Kinder des Medizinalrats Stahlbaum den ganzen Tag über durchaus nicht in die Mittelstube hinein, viel weniger in das daran stoßende Prunkzimmer. In einem Winkel des Hinterstübchens zusammengekauert, saßen Fritz und Marie, die tiefe Abenddämmerung war eingebrochen, und es wurde ihnen recht schaurig zumute, als man, wie es gewöhnlich an dem Tage geschah, kein Licht hereinbrachte. Fritz entdeckte ganz insgeheim wispernd der jüngern Schwester (sie war eben erst sieben Jahr alt worden) wie er schon seit frühmorgens es habe in den verschlossenen Stuben rauschen und rasseln und leise pochen hören. Auch sei nicht längst ein kleiner dunkler Mann mit einem großen Kasten unter dem Arm über den Flur geschlichen, er wisse aber wohl, dass es niemand anders gewesen als Pate Droßelmeier. Da schlug Marie die kleinen Händchen vor Freude zusammen und rief:

»Ach was wird nur Pate Droßelmeier für uns Schönes gemacht haben.« Der Obergerichtsrat Droßelmeier war gar kein hübscher Mann, nur klein und mager, hatte viele Runzeln im Gesicht, statt des rechten Auges ein großes schwarzes Pflaster und auch gar keine Haare, weshalb er eine sehr schöne weiße Perücke trug, die war aber von Glas und ein künstliches Stück Arbeit. Überhaupt war der Pate selbst auch ein sehr künstlicher Mann, der sich sogar auf Uhren verstand und selbst welche machen konnte. Wenn daher eine von den schönen Uhren in Stahlbaums Hause krank war und nicht singen konnte, dann kam Pate Droßelmeier, nahm die Glasperücke ab, zog sein gelbes Röckchen aus, band eine blaue Schürze um und stach mit spitzigen Instrumenten in die Uhr hinein, so dass es der kleinen Marie ordentlich wehe tat, aber es verursachte der Uhr gar keinen Schaden, sondern sie wurde vielmehr wieder lebendig und fing gleich an recht lustig zu schnurren, zu schlagen und zu singen, worüber denn alles große Freude hatte. Immer trug er, wenn er kam, was Hübsches für die Kinder in der Tasche, bald ein Männlein, das die Augen verdrehte und Komplimente machte, welches komisch anzusehen war, bald eine Dose, aus der ein Vögelchen heraushüpfte, bald was anderes. Aber zu Weihnachten, da hatte er immer ein schönes künstliches Werk verfertigt, das ihm viel Mühe gekostet, weshalb es auch, nachdem es einbeschert worden, sehr sorglich von den Eltern aufbewahrt wurde. – »Ach, was wird nur Pate Droßelmeier für uns Schönes gemacht haben«, rief nun Marie; Fritz meinte aber, es könne wohl diesmal nichts anders sein als eine Festung, in der allerlei sehr hübsche Soldaten auf- und abmarschierten und exerzierten, und dann müssten andere Soldaten kommen, die in die Festung hineinwollten, aber nun schössen die Soldaten von innen tapfer heraus mit Kanonen, dass es tüchtig brauste und knallte. »Nein, nein«, unterbrach Marie den Fritz, »Pate Droßelmeier hat mir von einem schönen Garten erzählt, darin ist ein großer See, auf dem schwimmen sehr herrliche Schwäne mit goldnen Halsbändern herum und singen die hübschesten Lieder. Dann kommt ein kleines Mädchen aus dem Garten an den See und lockt die Schwäne heran und füttert sie mit süßem Marzipan.« »Schwäne fressen keinen Marzipan«, fiel Fritz etwas rau ein, »und einen ganzen Garten kann Pate Droßelmeier auch nicht machen. Eigentlich haben wir wenig von seinen Spielsachen; es wird uns ja alles gleich wieder weggenommen, da ist mir denn doch das viel lieber, was uns Papa und Mama einbescheren, wir behalten es fein und können damit machen, was wir wollen.« Nun rieten die Kinder hin und her, was es wohl diesmal wieder geben könne. Marie meinte, dass Mamsell Trutchen (ihre große Puppe) sich sehr verändere, denn ungeschickter als jemals fiele sie jeden Augenblick auf den Fußboden, welches ohne garstige Zeichen im Gesicht nicht abginge, und dann sei an Reinlichkeit in der Kleidung gar nicht mehr zu denken. Alles tüchtige Ausschelten helfe nichts. Auch habe Mama gelächelt, als sie sich über Gretchens kleinen Sonnenschirm so gefreut. Fritz versicherte dagegen, ein tüchtiger Fuchs fehle seinem Marstall durchaus, so wie seinen Truppen gänzlich an Kavallerie, das sei dem Papa recht gut bekannt. – So wussten die Kinder wohl, dass die Eltern ihnen allerlei schöne Gaben eingekauft hatten, die sie nun aufstellten, es war ihnen aber auch gewiss, dass dabei der liebe Heilige Christ mit gar freundlichen frommen Kindesaugen hineinleuchte und dass wie von segensreicher Hand berührt, jede Weihnachtsgabe herrliche Lust bereite wie keine andere. Daran erinnerte die Kinder, die immerfort von den zu erwartenden Geschenken wisperten, ihre ältere Schwester Luise hinzufügend, dass es nun aber auch der Heilige Christ sei, der durch die Hand der lieben Eltern den Kindern immer das beschere, was ihnen wahre Freude und Lust bereiten könne, das wisse er viel besser als die Kinder selbst, die müssten daher nicht allerlei wünschen und hoffen, sondern still und fromm erwarten, was ihnen beschert worden. Die kleine Marie wurde ganz nachdenklich, aber Fritz murmelte vor sich hin: »Einen Fuchs und Husaren hätt' ich nun einmal gern.«

Es war ganz finster geworden. Fritz und Marie, fest aneinandergerückt, wagten kein Wort mehr zu reden, es war ihnen, als rausche es mit linden Flügeln um sie her und als ließe sich eine ganz ferne, aber sehr herrliche Musik vernehmen. Ein heller Schein streifte an der Wand hin, da wussten die Kinder, dass nun das Christkind auf glänzenden Wolken fortgeflogen zu andern glücklichen Kindern. In dem Augenblick ging es mit silberhellem Ton: Klingling, klingling, die Türen sprangen auf, und solch ein Glanz strahlte aus dem großen Zimmer hinein, dass die Kinder mit lautem Ausruf: »Ach! – Ach!« wie erstarrt auf der Schwelle stehen blieben. Aber Papa und Mama traten in die Türe, fassten die Kinder bei der Hand und sprachen: »Kommt doch nur, kommt doch nur, ihr lieben Kinder und seht, was euch der Heilige Christ beschert hat.«

Thomas Mann beschreibt in seinem 1901 veröffentlichten Roman »Buddenbrooks« eindrucksvoll, wie das Weihnachtsfest – selbst in Zeiten familiärer und wirtschaftlicher Schwierigkeiten – mit feierlichem Aufwand begangen wird: Auch im Zerfall des Familienglanzes bleibt das Fest ein Moment des gesellschaftlichen und familiären Rituals – ein Spiegel dafür, wie Weihnachten seit dem 19. Jahrhundert als zentrales Familienfest verstanden wird.

THOMAS MANN

Buddenbrooks

Weihnachtsabend

Unter solchen Umständen kam diesmal das Weihnachtsfest heran, und der kleine Johann verfolgte mit Hülfe des Abreißkalenders, den Ida ihm angefertigt, und auf dessen letztem Blatte ein Tannenbaum gezeichnet war, pochenden Herzens das Nahen der unvergleichlichen Zeit.

Die Vorzeichen mehrten sich … Schon seit dem ersten Advent hing in Großmamas Eßsaal ein lebensgroßes, buntes Bild des Knecht Ruprecht an der Wand. Eines Morgens fand Hanno seine Bettdecke, die Bettvorlage und seine Kleider mit knisterndem Flittergold bestreut. Dann, wenige Tage später, nachmittags im Wohnzimmer, als Papa mit der Zeitung auf der Chaiselongue lag und Hanno grade in Gerocks ›Palmblättern‹ das Gedicht von der Hexe zu Endor las, wurde wie alljährlich und doch auch diesmal ganz überraschender Weise ein »alter Mann« gemeldet, welcher »nach dem Kleinen frage«. Er wurde hereingebeten, dieser alte Mann, und kam schlürfenden Schrittes, in einem langen Pelze, dessen rauhe Seite nach außen gekehrt, und der mit Flittergold und Schneeflocken besetzt war, ebensolcher Mütze, schwarzen Zügen im Gesicht und einem ungeheuren weißen Barte, der wie die übernatürlich dicken Augenbrauen mit glitzernder Lametta durchsetzt war. Er erklärte, wie jedes Jahr, mit eherner Stimme, daß *dieser* Sack – auf seiner linken Schulter – für gute Kinder, welche beten könnten, Äpfel und goldene Nüsse enthalte, daß aber andererseits *diese* Rute – auf seiner rechten Schulter – für die bösen Kinder bestimmt sei ... Es war Knecht Ruprecht. Das heißt, natürlich nicht so ganz und vollkommen der echte und im Grunde vielleicht bloß Barbier Wenzel in Papas gewendetem Pelz; aber soweit ein Knecht Ruprecht überhaupt möglich, war er dies, und Hanno sagte auch dieses Jahr wieder, aufrichtig erschüttert und nur ein- oder zweimal von einem nervösen und halb unbewußten Aufschluchzen unterbrochen, sein Vaterunser her, worauf er einen Griff in den Sack für die guten Kinder tun durfte, den der alte Mann dann überhaupt wieder mit sich zu nehmen vergaß ...

Es setzten die Ferien ein, und der Augenblick ging ziemlich glücklich vorüber, da Papa das Zeugnis las, das auch in der Weihnachtszeit notwendig ausgestellt werden mußte ... Schon war der große Saal geheimnisvoll verschlossen, schon waren Marzipan und Braune Kuchen auf den Tisch gekommen, schon war es Weihnacht draußen in der Stadt. Schnee fiel, es kam Frost, und in der scharfen, klaren Luft erklangen durch die Straßen die geläufigen oder wehmütigen Melodien der italienischen Drehorgelmänner, die mit ihren Sammetjacken und schwarzen Schnurrbärten zum

Feste herbeigekommen waren. In den Schaufenstern prangten die Weihnachtsausstellungen. Um den hohen gotischen Brunnen auf dem Marktplatze waren die bunten Belustigungen des Weihnachtsmarktes aufgeschlagen. Und wo man ging, atmete man mit dem Duft der zum Kauf gebotenen Tannenbäume das Aroma des Festes ein. Dann endlich kam der Abend des dreiundzwanzigsten Dezembers heran und mit ihm die Bescherung im Saale zu Haus, in der Fischergrube, eine Bescherung im engsten Kreise, die nur ein Anfang, eine Eröffnung, ein Vorspiel war, denn den Heiligen Abend hielt die Konsulin fest in Besitz, und zwar für die ganze Familie, so daß am Spätnachmittage des Vierundzwanzigsten die gesamte Donnerstag-Tafelrunde, und dazu noch Jürgen Kröger aus Wismar, sowie Therese Weichbrodt mit Madame Kethelsen, im Landschaftszimmer zusammentrat.

In schwerer, grau und schwarz gestreifter Seide, mit geröteten Wangen und erhitzten Augen, in einem zarten Duft von Patschuli, empfing die alte Dame die nach und nach eintretenden Gäste, und bei den wortlosen Umarmungen klirrten ihre goldenen Armbänder leise. Sie war in unaussprechlicher stummer und zitternder Erregung an diesem Abend. »Mein Gott, du fieberst ja, Mutter!« sagte der Senator, als er mit Gerda und Hanno eintraf … »Alles kann doch ganz gemütlich vonstatten gehen.« Aber sie flüsterte, indem sie alle drei küßte: »Zu Jesu Ehren … Und dann mein lieber seliger Jean …«

In der Tat, das weihevolle Programm, das der verstorbene Konsul für die Feierlichkeit festgesetzt hatte, mußte aufrechterhalten werden, und das Gefühl ihrer Verantwortung für den würdigen Verlauf des Abends, der von der

Stimmung einer tiefen, ernsten und inbrünstigen Fröhlichkeit erfüllt sein mußte, trieb sie rastlos hin und her – von der Säulenhalle, wo schon die Marien-Chorknaben sich versammelten, in den Eßsaal, wo Rieckchen Severin letzte Hand an den Baum und die Geschenktafel legte, hinaus auf den Korridor, wo scheu und verlegen einige fremde alte Leutchen umherstanden, Hausarme, die ebenfalls an der Bescherung teilnehmen sollten, und wieder ins Landschaftszimmer, wo sie mit einem stummen Seitenblick jedes überflüssige Wort und Geräusch strafte. Es war so still, daß man die Klänge einer entfernten Drehorgel vernahm, die zart und klar wie die einer Spieluhr aus irgendeiner beschneiten Straße den Weg hierherfanden. Denn obgleich nun an zwanzig Menschen im Zimmer saßen und standen, war die Ruhe größer, als in einer Kirche, und die Stimmung gemahnte, wie der Senator ganz vorsichtig seinem Onkel Justus zuflüsterte, ein wenig an die eines Leichenbegängnisses.

Übrigens war kaum Gefahr vorhanden, diese Stimmung möchte durch einen Laut jugendlichen Übermutes zerrissen werden. Ein Blick hätte genügt, zu bemerken, daß fast alle Glieder der hier versammelten Familie in einem Alter standen, in welchem die Lebensäußerungen längst gesetzte Formen angenommen haben. Senator Thomas Buddenbrook, dessen Blässe den wachen, energischen und sogar humoristischen Ausdruck seines Gesichtes Lügen strafte; Gerda, seine Gattin, welche, unbeweglich in einen Sessel zurückgelehnt und das schöne weiße Gesicht nach oben gewandt, ihre nahe beieinanderliegenden, bläulich umschatteten, seltsam schimmernden Augen von den flimmernden Glasprismen des Kronleuchters bannen ließ; seine Schwester, Frau Permaneder; Jürgen Kröger, sein Cousin, der stille, schlicht gekleidete Beamte; seine Cousinen Friederike, Henriette und Pfiffi, von denen die beiden ersteren noch magerer und länger geworden waren, und die letztere noch kleiner und beleibter erschien als früher, denen aber ein stereotyper Gesichtsausdruck durchaus gemeinsam war, ein spitziges und übelwollendes Lächeln, das gegen alle Personen und Dinge mit einer allgemeinen medisanten Skepsis gerichtet war, als sagten sie beständig: »Wirklich? Das möchten wir denn doch fürs Erste noch bezweifeln« …; schließlich die arme, aschgraue Klothhilde, deren Gedanken wohl direkt auf das Abendessen gerichtet waren: – sie alle hatten die Vierzig überschritten, während die Hausherrin mit ihrem Bruder Justus und seiner Frau gleich der kleinen Therese Weichbrodt schon ziemlich weit über die Sechzig hinaus war, und die alte Konsulin Buddenbrook, geborene Stüwing, sowie die gänzlich taube Madame Kethelsen, sich schon in den Siebzigern befanden.

In der Blüte ihrer Jugend stand eigentlich nur Erika Weinschenk; aber wenn ihre hellblauen Augen – die Augen Herrn Grünlichs – zu ihrem Manne, dem Direktor, hinüberglitten, dessen geschorener, an den Schläfen ergrauter Kopf mit dem schmalen, in die Mundwinkel hineingewachsenen Schnurrbart sich dort neben dem Sofa von der idyllischen Tapetenlandschaft abhob, so konnte man bemerken, daß ihr voller Busen sich in lautlosem, aber schwerem Atemzuge hob … Ängstliche und wirre Gedanken an Usancen, Buchführung, Zeugen, Staatsanwalt, Verteidiger und Richter mochten sie bedrängen, ja, es war wohl keiner im Zimmer, dem diese unweihnachtlichen Gedanken nicht im Sinne gelegen hätten. Der angeklagte Zustand von Frau

Permaneders Schwiegersohn, das Bewußtsein der gesamten Familie von der Gegenwart eines Mitgliedes, das eines Verbrechens gegen die Gesetze, die bürgerliche Ordnung und die geschäftliche Ehrenhaftigkeit geziehen und vielleicht der Schande und dem Gefängnis verfallen war, gab der Versammlung ein vollständig fremdes, ungeheuerliches Gepräge. Ein Weihnachtsabend der Familie Buddenbrook mit einem Angeklagten in ihrer Mitte! Frau Permaneder lehnte sich mit strengerer Majestät in ihren Sessel zurück, das Lächeln der Damen Buddenbrook aus der Breitenstraße ward um noch eine Nüance spitziger …

Und die Kinder? Der ein wenig spärliche Nachwuchs? War auch er für das leis Schauerliche dieses so ganz neuen und ungekannten Umstandes empfänglich? Was die kleine Elisabeth betraf, so war es unmöglich, über ihren Gemütszustand zu urteilen. In einem Kleidchen, an dessen reichlicher Garnitur mit Atlasschleifen man Frau Permaneders Geschmack erkannte, saß das Kind auf dem Arm seiner Bonne, hielt seine Daumen in die winzigen Fäuste geklemmt, sog an seiner Zunge, blickte mit etwas hervortretenden Augen starr vor sich hin und ließ dann und wann einen kurzen, knarrenden Laut vernehmen, worauf das Mädchen es ein wenig schaukeln ließ. Hanno aber saß still auf seinem Schemel zu den Füßen seiner Mutter und blickte gerade wie sie zu einem Prisma des Kronleuchters empor …

Christian fehlte! Wo war Christian? Erst jetzt im letzten Augenblick bemerkte man, daß er noch nicht anwesend sei. Die Bewegungen der Konsulin, die eigentümliche Manipulation, mit der sie vom Mundwinkel zur Frisur hinaufzustreichen pflegte, als brächte sie ein hinabgefallenes Haar an seine Stelle zurück, wurden noch fieberhafter ... Sie instruierte eilig Mamsell Severin, und die Jungfer begab sich an den Chorknaben vorbei durch die Säulenhalle, zwischen den Hausarmen hin über den Korridor und pochte an Herrn Buddenbrooks Tür.

Gleich darauf erschien Christian. Er kam mit seinen mageren, krummen Beinen, die seit dem Gelenkrheumatismus etwas lahmten, ganz gemächlich ins Landschaftszimmer, indem er sich mit der Hand die kahle Stirne rieb.

»Donnerwetter, Kinder«, sagte er, »das hätte ich beinahe vergessen!«

»Du hättest es ...« wiederholte seine Mutter und erstarrte ...

»Ja, beinah vergessen, daß heut' Weihnacht ist ... Ich saß und las ... in einem Buch, einem Reisebuch über Südamerika ... Du lieber Gott, ich habe schon andere Weihnachten gehabt ...« fügte er hinzu und war soeben im Begriff, mit der Erzählung von einem Heiligen Abend anzufangen, den er zu London in einem Tingel-Tangel fünfter Ordnung verlebt, als plötzlich die im Zimmer herrschende Kirchenstille auf ihn zu wirken begann, so daß er mit krausgezogener Nase und auf den Zehenspitzen zu seinem Platze ging.

»Tochter Zion, freue dich!« sangen die Chorknaben, und sie, die eben noch da draußen so hörbare Allotria getrieben, daß der Senator sich einen Augenblick an die Tür hatte stellen müssen, um ihnen Respekt einzuflößen, – sie sangen nun ganz wunderschön. Diese hellen Stimmen, die sich, getragen von den tieferen Organen, rein, jubelnd und lobpreisend aufschwangen, zogen aller Herzen mit sich empor, ließen das Lächeln der alten Jungfern milder werden und machten, dass die alten Leute in sich hineinsahen und ihr Leben überdachten, während die, welche mitten im Leben standen, ein Weilchen ihrer Sorgen vergaßen.

Hanno ließ sein Knie los, das er bislang umschlungen gehalten hatte. Er sah ganz blaß aus, spielte mit den Fransen seines Schemels und scheuerte seine Zunge an einem Zahn, mit halbgeöffnetem Munde und einem Gesichtsausdruck, als fröre ihn. Dann und wann empfand er das Bedürfnis, tief aufzuatmen, denn jetzt, da der Gesang, dieser glockenreine a-capella-Gesang die Luft erfüllte, zog sein Herz sich in einem fast schmerzhaften Glück zusammen. Weihnachten ... Durch die Spalten der hohen, weißlackierten, noch fest geschlossenen Flügelthür drang der Tannenduft und erweckte mit seiner süßen Würze die Vorstellung der Wunder dort drinnen im Saale, die man jedes Jahr aufs Neue mit pochenden Pulsen als eine unfaßbare, unirdische Pracht erharrte ... Was würde dort drinnen für ihn sein? Das, was er sich gewünscht hatte, natürlich, denn das bekam man ohne Frage, gesetzt, daß es einem nicht als eine Unmöglichkeit zuvor schon ausgeredet worden war. Das Theater würde ihm gleich in die Augen springen und ihm den Weg zu seinem Platze weisen müssen, das ersehnte Puppentheater, das dem Wunschzettel für Großmama stark unterstrichen zu Häupten gestanden hatte, und das seit dem »Fidelio« beinahe sein einziger Gedanke gewesen war.

Ja, als Entschädigung und Belohnung für einen Besuch bei Herrn Brecht hatte Hanno kürzlich zum ersten Male das Theater besucht, das Stadt-Theater, wo er im ersten Range an der Seite seiner Mutter atemlos den Klängen und Vorgängen des »Fidelio« hatte folgen dürfen. Seitdem träumte er nichts als Opernszenen, und eine Leidenschaft für die Bühne erfüllte ihn, die ihn kaum schlafen ließ. Mit unaussprechlichem Neide betrachtete er auf der Straße die Leute, die, wie ja auch sein Onkel Christian, als Theater-Habitués bekannt waren, Konsul Döhlmann, Makler Gosch ... War das Glück ertragbar, wie sie fast jeden Abend dort anwesend sein zu dürfen? Könnte er nur einmal in der Woche vor Beginn der Aufführung einen Blick in den Saal tun, das Stimmen der Instrumente hören und ein wenig den geschlossenen Vorhang ansehen! Denn er liebte alles im Theater: den Gasgeruch, die Sitze, die Musiker, den Vorhang ... Wird sein Puppentheater groß sein? Groß und breit? Wie wird der Vorhang aussehen? Man muß baldmöglichst ein kleines Loch hineinschneiden, denn auch im Vorhang des Stadt-Theaters war ein Guckloch ... Ob Großmama oder Mamsell Severin – denn Großmama konnte nicht alles besorgen – die nötigen Dekorationen zum »Fidelio« gefunden hatte? Gleich morgen wird er sich irgendwo einschließen und ganz allein eine Vorstellung geben ... Und schon ließ er seine Figuren im Geiste singen; denn die Musik hatte sich ihm mit dem Theater sofort aufs engste verbunden ...

»Jauchze laut, Jerusalem!«, schlossen die Chorknaben, und die Stimmen, die fugenartig nebeneinander hergegangen waren, fanden sich in der letzten Silbe friedlich und freudig zusammen. Der klare Akkord verhallte, und tiefe Stille legte sich über Säulenhalle und Landschaftszimmer. Die Mitglieder der Familie blickten unter dem Drucke der Pause vor sich nieder; nur Direktor Weinschenks Augen schweiften keck und unbefangen umher, und Frau Permaneder ließ ihr trocknes Räuspern vernehmen, das ununterdrückbar war. Die Konsulin aber schritt langsam zum Tische und setzte sich inmitten ihrer Angehörigen auf das Sofa, das nun nicht mehr wie in alter Zeit unabhängig und abgesondert vom Tische dastand. Sie rückte die Lampe zurecht und zog die große Bibel heran, deren altersbleiche Goldschnittfläche ungeheuerlich breit war. Dann schob sie die Brille auf die Nase, öffnete die beiden ledernen Spangen, mit denen das kolossale Buch geschlossen war, schlug dort auf, wo das Zeichen lag, daß das dicke, rauhe, gelbliche Papier mit dem übergroßen Druck zum Vorschein kam, nahm einen Schluck Zuckerwasser und begann, das Weihnachtskapitel zu lesen.

Sie las die altvertrauten Worte langsam und mit einfacher, zu Herzen gehender Betonung, mit einer Stimme, die sich klar, bewegt und heiter von der andächtigen Stille abhob. »Und den Menschen ein Wohlgefallen!« sagte sie. Kaum aber schwieg sie, so erklang in der Säulenhalle dreistimmig das »Stille Nacht, heilige Nacht«, in das die Familie im Landschaftszimmer einstimmte. Man ging ein wenig vorsichtig zu Werke dabei, denn die meisten der Anwesenden waren unmusikalisch, und hie und da vernahm man in dem Ensemble einen tiefen und ganz ungehörigen Ton … Aber das beeinträchtigte nicht die Wirkung dieses Liedes … Frau Permaneder sang es mit bebenden Lippen, denn am süßesten und schmerzlichsten rührt es an dessen Herz, der ein bewegtes Leben hinter sich hat und im kurzen Frieden der Feierstunde Rückblick hält … Madame Kethelsen weinte still und bitterlich, obgleich sie von allem fast nichts vernahm.

Und dann erhob sich die Konsulin. Sie ergriff die Hand ihres Enkels Johann und die ihrer Urenkelin Elisabeth und schritt durch das Zimmer. Die alten Herrschaften schlossen sich an, die jüngeren folgten, in der Säulenhalle gesellten sich die Dienstboten und die Hausarmen hinzu, und während alles einmütig »O Tannebaum« anstimmte und Onkel Christian vorn die Kinder zum Lachen brachte, indem er beim Marschieren die Beine hob wie ein Hampelmann und alberner Weise »O Tantebaum« sang, zog man mit geblendeten Augen und ein Lächeln auf dem Gesicht durch die weit geöffnete hohe Flügeltür direkt in den Himmel hinein.

Der ganze Saal, erfüllt von dem Dufte angesengter Tannenzweige, leuchtete und glitzerte von unzähligen kleinen Flammen, und das Himmelblau der Tapete mit ihren weißen Götterstatuen ließ den großen Raum noch heller erscheinen. Die Flämmchen der Kerzen, die dort hinten zwischen den dunkelrot verhängten Fenstern den gewaltigen Tannenbaum bedeckten, welcher, geschmückt mit Silberflittern und großen, weißen Lilien, einen schimmernden Engel an seiner Spitze und ein plastisches Krippenarrangement zu seinen Füßen, fast bis zur Decke emporragte, flimmerten in der allgemeinen Lichtflut wie ferne Sterne. Denn auf der weißgedeckten Tafel, die sich lang und breit, mit den Geschenken beladen, von den Fenstern fast bis zur Türe zog, setzte sich eine Reihe kleinerer, mit Konfekt behängter Bäume fort, die ebenfalls von brennenden Wachslichtchen erstrahlten. Und es brannten die Gasarme, die aus den Wänden hervorkamen, und es brannten die dicken Kerzen auf den vergoldeten Kandelabern in allen vier Winkeln. Große Gegenstände, Geschenke, die auf der Tafel nicht Platz hatten, standen nebeneinander auf dem Fußboden. Kleinere Tische, ebenfalls weiß gedeckt, mit Gaben belegt und mit brennenden Bäumchen geschmückt, befanden sich zu den Seiten der beiden Türen: Das waren die Bescherungen der Dienstboten und der Hausarmen.

Singend, geblendet und dem altvertrauten Raume ganz entfremdet umschritt man einmal den Saal, defilierte an der Krippe vorbei, in der ein wächsernes Jesuskind das Kreuzeszeichen zu machen schien, und blieb dann, nachdem man Blick für die einzelnen Gegenstände bekommen hatte, verstummend an seinem Platze stehen.

Hanno war vollständig verwirrt. Bald nach dem Eintritt hatten seine fieberhaft suchenden Augen das Theater erblickt ... ein Theater, das, wie es dort oben auf dem Tische prangte, von so extremer Größe und Breite erschien, wie er es sich vorzustellen niemals erkühnt hatte. Aber sein Platz hatte gewechselt, er befand sich an einer der vorjährigen entgegengesetzten Stelle, und dies bewirkte, daß Hanno in seiner Verblüffung ernstlich daran zweifelte, ob dies fabelhafte Theater für ihn bestimmt sei. Hinzu kam, daß zu den Füßen der Bühne, auf dem Boden, etwas Großes, Fremdes aufgestellt war, etwas, was nicht auf seinem Wunschzettel gestanden hatte, ein Möbel, ein kommodenartiger Gegenstand ... war er für ihn?

»Komm her, Kind, und sieh dir dies an«, sagte die Konsulin und öffnete den Deckel. »Ich weiß, du spielst gern Choräle ... Herr Pfühl wird dir die nötigen Anweisungen geben ... Man muß immer treten ... manchmal schwächer und manchmal stärker ... und dann die Hände nicht aufheben, sondern immer nur so peu à peu die Finger wechseln ...«

Es war ein Harmonium, ein kleines, hübsches Harmonium, braun poliert, mit Metallgriffen an beiden Seiten, bunten Tretbälgen und einem zierlichen Drehsessel. Hanno griff einen Akkord ... ein sanfter Orgelklang löste sich los und ließ die Umstehenden von ihren Geschenken aufblicken ... Hanno umarmte seine Großmutter, die ihn zärtlich an sich preßte und ihn dann verließ, um die Danksagungen der anderen entgegenzunehmen.

Er wandte sich dem Theater zu. Das Harmonium war ein überwältigender Traum, aber er hatte doch fürs erste noch keine Zeit, sich näher damit zu beschäftigen. Es war der Überfluß des Glückes, in dem man, undankbar gegen das Einzelne, alles nur flüchtig berührt, um erst einmal das Ganze übersehen zu lernen ... Oh, ein Souffleurkasten war da, ein muschelförmiger Souffleurkasten, hinter dem breit und majestätisch in Rot und Gold der Vorhang emporrollte. Auf der Bühne war die Dekoration des letzten Fidelio-Aktes aufgestellt. Die armen Gefangenen falteten die Hände. Don Pizarro, mit gewaltig gepufften Ärmeln, verharrte irgendwo in fürchterlicher Attitüde. Und von hinten nahte im Geschwindschritt und ganz in schwarzem Sammet der Minister, um alles zum Besten zu kehren. Es war wie im Stadttheater und beinahe noch schöner. In Hannos Ohren widerhallte der Jubelchor, das Finale, und er setzte sich vor das Harmonium, um ein Stückchen daraus, das er behalten, zum Erklingen zu bringen ... Aber er stand wieder auf, um das Buch zur Hand zu nehmen, das erwünschte Buch der griechischen Mythologie, das ganz rot gebunden war und eine goldene Pallas Athene auf dem Deckel trug. Er aß von seinem Teller mit Konfekt, Marzipan und Braunen Kuchen, musterte die kleineren Dinge, die Schreibutensilien und Schulhefte und vergaß einen Augenblick alles übrige über einem Federhalter, an dem sich irgendwo ein winziges Glaskörnchen befand, das man nur vors Auge zu halten brauchte, um wie durch Zauberspiel eine weite Schweizerlandschaft vor sich zu sehen ...

Eduard Mörike wirkte als evangelischer Pfarrer im schwäbischen Cleversulzbach, versuchte sich aber früh als freier Schriftsteller mit Gedichten und Erzählungen. In diese Phase fällt auch »Die heilige Nacht«, erschienen 1838, die das Weihnachtsgeschehen in enger Anlehnung an den Bibeltext darstellt.

EDUARD MÖRIKE

Die heilige Nacht

Gesegnet sei die heilige Nacht,
die uns das Licht der Welt gebracht! –
Wohl unterm lieben Himmelszelt
die Hirten lagen auf dem Feld.

Ein Engel Gottes, licht und klar,
mit seinem Gruß tritt auf sie dar.
Vor Angst sie decken ihr Angesicht,
da spricht der Engel: »Fürcht't euch nicht!«

»Ich verkünd euch große Freud:
Der Heiland ist geboren heut.«

Da gehn die Hirten hin in Eil,
zu schaun mit Augen das ewig Heil;
zu singen dem süßen Gast Willkomm,
zu bringen ihm ein Lämmlein fromm.

Bald kommen auch gezogen fern
die heilgen drei König' mit ihrem Stern.
Sie knieen vor dem Kindlein hold,
schenken ihm Myrrhen, Weihrauch, Gold.
Vom Himmel hoch der Engel Heer
frohlocket: »Gott in der Höh sei Ehr!«

Charles Dickens lässt in seiner kleinen Weihnachtserzählung (»A Christmas Tree«) aus dem Jahr 1850 die Kindheitserinnerungen des Erzählers lebendig werden. Dieser begibt sich auf eine Reise in die Welt der Phantasie und der verborgenen Geschichten, die hinter den Dingen auf einen warten. Eine bewegende Ode an die Vergangenheit.

CHARLES DICKENS

Der Christbaum

Ich habe heute Abend einer fröhlichen Kindergesellschaft zugesehen, die um jenes hübsche deutsche Spielzeug, den Christbaum, versammelt war. Der Baum stand in der Mitte eines großen runden Tisches und ragte hoch über die kleinen Köpfe der Kinder empor. Er war mit einer Menge kleiner Kerzen besetzt, die ihn in hellem Licht erstrahlen ließen, und überall funkelten und glitzerten bunte Gegenstände an ihm. Da gab es rosenwangige Puppen, die sich hinter den grünen Blättern verbargen; da gab es richtige Uhren (wenigstens mit beweglichen Zeigern und der Möglichkeit, sie endlos aufzuziehen), die von zahllosen Zweigen herabbaumelten; da gab es polierte Tische, Stühle, Bettstellen, Kleiderschränke, Achttageuhren und verschiedene andere Möbelstücke (in Wolverhampton wunderbar aus Zinn angefertigt), die mitten in den Baum gesetzt waren, als sollten sie für einen Feenhaushalt Verwendung finden; da gab es fröhliche, breitgesichtige kleine Männer, die viel angenehmer anzusehen waren als viele richtige Männer, und das war auch kein Wunder, denn ihre Köpfe waren abnehmbar, und dann konnte man sehen, dass sie voll Zuckermandeln steckten; da gab es Fiedeln und Trommeln, Tamburine, Bücher, Arbeitskästen, Malkästen, Bonbonkästen, Guckkästen und alle möglichen anderen Kästen; da gab es Geschmeide für die älteren Mädchen, das viel heller glitzerte als die Gold- und Juwelensachen für die Erwachsenen; da gab es Körbchen und Nadelkissen in allen möglichen Ausführungen; Flinten, Säbel und Fahnen; Hexen, die in Zauberkreisen von Pappe standen, um zu weissagen; Drehwürfel, Kreisel, Nadelbehälter, Federwischer, Riechfläschchen, Konversationskarten, Blumenvasen; wirkliche Früchte, die durch Goldpapier einen künstlichen Glanz erhalten hatten; nachgeahmte Äpfel, Birnen und Nüsse, die vollgestopft mit Überraschungen waren; kurz, wie ein hübsches Kind vor mir einem anderen hübschen Kinde, seiner Busenfreundin, zuflüsterte: »Es gab alles und noch mehr.« Diese bunte Sammlung von allen möglichen Gegenständen trug der Baum wie einen Behang von Zauberfrüchten, und die hellen Augen, die von allen Seiten darauf gerichtet waren, spiegelten sich darin. Einige von den Diamanten-Augen, die sie bewunderten, reichten dabei kaum bis an den Tisch, und einige andere lagen sogar noch in schüchterner Verwunderung an der Brust hübscher Mütter, Tanten und Ammen. Das Ganze aber erschien mir wie eine lebhafte Verwirklichung der phantastischen Träume der Kindheit, und ich dachte daran, wie alle Bäume, die wachsen, und alle anderen Dinge, die auf Erden ins Dasein treten, ihren wilden Schmuck zu dieser unvergesslichen Zeit tragen.

Da ich jetzt wieder zu Hause und allein bin, als Einziger im ganzen Hause noch wach, werden meine Gedanken durch einen Zauber, dem ich mich nicht ungern überlasse, zu meiner eigenen Kindheit zurückgezogen. Ich beginne zu überlegen, welche Gegenstände uns wohl am besten in der Erinnerung geblieben sind, wenn wir uns die Zweige des Christbaumes unserer eigenen Kindertage vergegenwärtigen, an dem wir uns ins wirkliche Leben emporschwangen.

Gerade in der Mitte des Zimmers, in seinem freien Wuchs durch keine einschließenden Mauern oder eine bald erreichte Decke eingeengt, erhebt sich ein schattenhafter Baum. Ich blicke zu der träumerischen Helligkeit seiner Spitze empor – denn ich beobachte an diesem Baum die sonderbare Eigenschaft, dass er nach unten gegen die Erde zu zu wachsen scheint – und ich nehme meine jüngsten Weihnachtserinnerungen wahr!

Zuerst lauter Spielzeug, wie ich finde. Dort oben zwischen den grünen Stechpalmenzweigen und den roten Beeren befindet sich der Clown mit den Händen in den Taschen, der sich niemals niederlegen wollte, sondern, wenn man ihn auf den Boden legte, hartnäckig seinen fetten Körper rundherum drehte, bis er sich ausgerollt hatte. Dann starrte er mich mit seinen Hummeraugen an, und ich tat so, als ob ich fürchterlich lachen müsste, aber im innersten Herzen kam er mir unheimlich genug vor. Dicht neben ihm befindet sich jene infernalische Schnupftabaksdose, aus der ein dämonischer Ratsherr im schwarzen Talar, mit einem Kopf voll verwilderter Haare und weit geöffnetem Mund, aus rotem Tuch heraussprang. Er war ein ganz unerträglicher Geselle; man konnte ihn aber auch nicht loswerden. Denn er pflegte plötzlich in stark vergrößertem Zustand in Träumen aus Mammut-Schnupftabaksdosen hervorzuschnellen, wenn man es am wenigsten erwartete. Auch der Frosch mit dem Schusterpech auf dem Schwanz ist nicht weit weg. Man konnte niemals wissen, wohin er springen würde; und wenn er über die Kerze geflogen kam und sich mit seinem gefleckten Rücken – rot auf grünem Grunde – auf der Hand niederließ, dann war er schrecklich. Die Karton-Dame in dem blauen Seidenkleid, die man zum Tanzen gegen den Leuchter stellte und die ich auf demselben Zweige wahrnehme, war harmloser, und außerdem war sie schön. Das Gleiche kann ich aber nicht von dem größeren Karton-Mann behaupten, der auf der Wand aufgehängt und an einem Faden gezogen wurde. Um seine Nase lag ein finsterer Ausdruck, und wenn er sich die Beine um den Hals schlug (was er sehr oft tat), war er schaudererregend und kein Wesen, mit dem man gern allein war.

Wann blickte mich jene schreckliche Maske zum ersten Mal an? Wer setzte sie auf, und weshalb war ich so erschrocken, dass ihr Anblick ein Einschnitt in meinem Leben ist? Sie ist nicht an sich selbst ein schreckliches Gesicht; sie sollte sogar komisch wirken; weshalb erschienen mir dann ihre blöden Züge so unerträglich? Sicherlich nicht nur deshalb, weil sie das Gesicht des Trägers verhüllte. Das hätte auch eine Schürze getan, und wenn es mir auch lieber gewesen wäre, dass die Schürze abgelegt würde, so wäre sie mir doch nicht so ganz unerträglich gewesen wie die Maske. War es ihre Unbeweglichkeit? Das Gesicht der Puppe war auch unbeweglich, und doch hatte ich keine Angst vor ihr. Vielleicht rief diese plötzliche starre Veränderung, die über ein wirkliches Gesicht kam, in meinem klopfenden Herzen eine entfernte Erinnerung und eine Furcht vor der großen Veränderung wach, die dereinst über jedes Gesicht kommen und es still machen wird? Jedenfalls konnte mich nichts mit der Maske aussöhnen. Keine Trommler, die beim Drehen eines Griffs ein melancholisches Zirpen vernehmen ließen; kein Regiment Soldaten mit einer stummen Musikkapelle, die aus einer Schachtel hervorgeholt und einer nach dem andern auf einem Drahtgestell aufgestellt werden konnten; kein altes Weib, das aus brauner Pappe und Drähten hergestellt war und ständig für zwei kleine Kinder eine Pastete in Stücke schnitt – nichts konnte mir lange Zeit einen dauernden Trost gewähren. Auch nützte es nichts, wenn mir gezeigt wurde, dass die Maske bloß ein Stück Pappe war, oder wenn sie eingeschlossen wurde und ich sicher sein konnte, dass niemand sie trug. Die bloße Erinnerung an dieses starre Gesicht, das bloße Wissen, dass sie irgendwo existierte, genügte, dass ich in der Nacht vor Entsetzen mit Schweiß bedeckt aufwachte mit dem Schrei: »Oh, ich weiß, sie kommt! Oh, die Maske!«

Ich habe mich damals nie gefragt, woraus der liebe alte Esel mit den Tragkörben – da ist er wieder! – gemacht war. Ich erinnere mich daran, dass seine Haut sich wie lebendig anfühlte. Und das große schwarze Pferd mit den runden roten Tupfen überall – das Pferd, das ich sogar besteigen konnte –, ich habe mich nie gefragt, wieso es so sonderbar aussah, und es kam mir nie der Gedanke, dass man ein solches Pferd in Newmarket gewöhnlich nicht zu sehen bekam. Die vier farblosen Pferde neben ihm, die in den Käsewagen eingespannt und wieder ausgespannt und unter das Piano in den Stall gestellt werden konnten, scheinen Stückchen von Pelzkragen als Schwänze und Mähnen zu haben und auf Pflöcken statt auf Beinen zu stehen. Als sie als Weihnachtsgeschenk nach Hause gebracht wurden, verhielt sich das freilich nicht so. Damals war nichts an ihnen auszusetzen; und auch ihr Geschirr war nicht ohne alle Umstände an ihre Brüste genagelt, wie es jetzt der Fall zu sein scheint. Die klingelnden Werke des Musikkarrens bestanden, wie ich herausfand, aus Federkiel-Zahnstochern und Draht. Immer hielt ich den kleinen Clown in Hemdärmeln, der beständig auf der einen Seite einer Holzleiter hinauf- und auf der anderen mit dem Kopfe voran wieder hinunterlief, für einen ziemlichen Schafskopf. Die Jakobsleiter neben ihm aber aus kleinen Quadraten von rotem Holz, die sich klappernd übereinanderschoben, wobei auf jedem ein anderes Bild erschien und kleine Glöckchen das Ganze belebten, war ein mächtiges Wunder und eine große Herzensfreude.

Ah! Das Puppenhaus! – das sich nicht in meinem Besitz befand, aber zu dem ich als Besucher Zutritt hatte. Ich bewundere die Parlamentsgebäude nicht halb so sehr wie dieses Haus mit steinerner Front, mit richtigen Glasfenstern und Türschwellen und einem richtigen Balkon – grüner, als ich jetzt je einen zu sehen bekomme, ausgenommen in Badeorten, und selbst da sind sie bloß eine schwache Nachahmung. Und obwohl die ganze Hausfront auf einmal aufging – dies war ein Schlag, wie ich einräumen muss, da es die Fiktion einer Treppe zerstörte –, so brauchte ich sie nur wieder zuzumachen, und dann konnte ich wieder daran glauben. Selbst wenn es geöffnet war, gab es drei gesonderte Zimmer darin: ein Wohnzimmer und ein Schlafzimmer, beide elegant möbliert, und als Bestes von allem eine Küche mit ungewöhnlich feinen Feuereisen, einer reichen Ausstattung an winzigen Geräten – oh, die Wärmflasche! – und einem zinnernen Koch im Profil, der stets dabei war, zwei Fische zu braten. Wie habe ich doch bei den Barmeciden-Schmäusen[1] von den hölzernen Schüsseln geschwelgt, auf deren jeder eine besondere Delikatesse, wie ein Schinken oder ein Truthahn, festgeklebt und mit etwas Grünem, das ich als Moos in der Erinnerung habe, garniert war! Alle Mäßigkeitsvereine, die in den letzten Jahren entstanden sind, zusammen hätten mir nicht einen so köstlichen Nachmittagstee vorsetzen können, wie ich ihn aus jenem kleinen Steingutservice genossen habe. Es war wirkliche Flüssigkeit darin (sie lief aus dem kleinen hölzernen Fässchen, erinnere ich mich, und schmeckte nach Streichhölzern), und der Tee wurde in dem Geschirr zum Nektar. Und wenn die beiden Beine der unnützen kleinen Zuckerzange übereinanderstürzten und, wie Kasperles Hände, zwecklos in der Luft umherfuhren, was tat das? Und wenn ich einstmals aufschrie wie ein vergiftetes Kind und die vornehme Gesellschaft in Verwirrung brachte, weil ich einen kleinen Teelöffel, den ich unachtsamerweise in zu heißem Tee sich hatte auflösen lassen, getrunken hatte, so hat das mir auch nichts weiter geschadet, höchstens dass ich ein Pulver einnehmen musste.

Auf den folgenden Zweigen des Baumes weiter unten, nahe bei der grünen Walze und den Miniatur-Gartengerätschaften, beginnen die Bücher in Massen zu hängen. Zuerst nur dünne Bücher an und für sich, aber in großer Zahl und mit hübschen glatten glänzend roten oder grünen Einbänden. Aber jetzt verändert sich der ganze Baum und wird zu einer Bohnenranke – die wunderbare Bohnenranke, an der

1 In Tausendundeiner Nacht setzt ein Mann namens Barmecide einem Bettler leere Schüsseln vor und tut dergleichen, als wären herrliche Speisen und Wein darin.

Jack nach dem Hause des Riesen emporkletterte! Und nun beginnen diese furchtbar interessanten doppelköpfigen Riesen mit ihren Keulen über den Schultern massenhaft an den Zweigen entlangzuschreiten, indem sie Ritter und Damen an dem Haar nach Hause schleifen, um sie zu verspeisen. Und Jack, wie edel mit seinem scharfen Schwert und seinen schnellen Schuhen! Wie ich zu ihm emporblicke, kommen mir die alten Gedanken wieder in den Sinn. Ich frage mich, ob es mehr als einen Jack gegeben hat (was ich nicht gern für möglich halten möchte) oder bloß den einen echten ursprünglichen bewundernswerten Jack, der alle die berichteten Heldentaten vollführt hat.

Gut zur Weihnachtszeit passt die rötliche Farbe des Mantels, in dem – während der Baum an sich selbst einen Wald für sie bildet, durch den sie mit ihrem Körbchen hindurchtrippelt – Rotkäppchen an einem Christabend zu mir kommt. Sie erzählt mir von der Grausamkeit und Verräterei des heuchlerischen Wolfs, der ihre Großmutter auffraß, ohne dass das auf seinen Appetit irgendwelchen Eindruck machte, und dann sie fraß, nachdem er sich jenen grimmigen Scherz über seine Zähne geleistet hatte. Sie war meine erste Liebe. Ich fühlte, dass ich in der Ehe mit Rotkäppchen vollkommen glücklich hätte werden können. Jedoch sollte es nicht sein; und es ließ sich nichts weiter tun, als den Wolf in der Arche Noah dort herauszusuchen und ihn in der Prozession auf dem Tisch ans Ende zu setzen, als ein Ungeheuer, das gebrandmarkt werden musste. O die wunderbare Arche Noah! Sie erwies sich als nicht seetüchtig, als ich sie in einen Waschzuber steckte, und die Tiere wurden durch das Dach hineingezwängt, und selbst da mussten ihre Beine erst ordentlich geschüttelt werden, bevor man sie hineinbekam. Waren sie aber drin, so war zehn gegen eins zu wetten, dass sie wieder zur Tür hinausstürzten, die nur unvollkommen mit einer Drahtklinke geschlossen war. Jedoch was machte das alles! Man betrachte die edle Fliege, die nur wenig kleiner war als der Elefant; den Marienkäfer, den Schmetterling – alles Triumphe der Kunst! Man betrachte die Gans, deren Füße so klein und deren Gleichgewicht so unsicher war, dass sie gewöhnlich nach vorn stürzte und die ganze Tierwelt umriss. Man betrachte Noah und seine Familie, die wie idiotische Pfeifenstopfer aussahen. Der Leopard blieb an warmen kleinen Fingern haften, und die Schwänze der größeren Tiere lösten sich nach und nach in ausgefaserte Bindfadenstückchen auf.

Still! Wiederum ein Wald und jemand oben in einem Baume – nicht Robin Hood, nicht Valentine, nicht der gelbe Zwerg, sondern ein orientalischer König mit funkelndem Krummsäbel und Turban. Ja, bei Allah! Zwei orientalische Könige, denn ich nehme noch einen zweiten wahr, der ihm über die Schulter blickt! Unten im Gras am Fuße des Baumes liegt, der Länge nach ausgestreckt, ein kohlschwarzer Riese schlafend da. Sein Haupt ruht im Schoß einer Dame, und neben ihnen steht ein Glaskasten mit vier Schlössern von glänzendem Stahl, in dem er die Dame gefangen hält, wenn er wach ist. Ich sehe die vier Schlüssel jetzt an seinem Gürtel. Die Dame macht den beiden Königen im Baum Zeichen, und sie steigen behutsam herab. Es ist der Beginn der wundervollen Tausendundeinen Nacht.

Oh, jetzt werden alle gewohnten Gegenstände ungewohnt und verzaubert für mich. Alle Lampen sind Zauberlampen, alle Ringe Talismane. Gewöhnliche Blumentöpfe sind voller Schätze, oben mit ein wenig Erde zugedeckt; in den Bäumen hat sich Ali Baba versteckt; Beefsteaks sind dazu bestimmt, in das Diamantental hinabgeworfen zu werden, dass die kostbaren Steine an ihnen haften bleiben und von den Adlern in ihre Nester getragen werden, aus denen sie die Händler mit lauten Schreien verscheuchen werden. Torten werden nach dem Rezept des Sohnes des Wesirs von Basra angefertigt, der Zuckerbäcker wurde, nachdem er in Unterhosen am Tore von Damaskus abgesetzt worden war; Schuhflicker sind sämtlich Mustafas und pflegen gevierteilte Leute einzunähen, zu denen sie mit verbundenen Augen geführt werden.

Jeder in einen Stein eingelassene Eisenring ist der Eingang zu einer Höhle, die nur auf den Zauberer und das kleine Feuer und die Zauberformel wartet, die die Erde zum Beben bringen wird. Alle eingeführten Datteln stammen von demselben Baum wie jene unglückselige Dattel, mit deren Schale der Kaufmann dem unsichtbaren Sohn des Dschinns das Auge ausschlug. Alle Oliven kommen von dem Baum jener frischen Frucht, über die der Herrscher der Gläubigen zufällig den Jungen den fingierten Prozess gegen den betrügerischen Olivenhändler führen hörte; alle Äpfel haben etwas mit dem Apfel zu schaffen, der (zusammen mit zwei anderen) um drei Zechinen von dem Gärtner des Sultans erstanden wurde und den der große schwarze Sklave dem Kinde stahl. Alle Hunde erinnern an den Hund, in Wirklichkeit ein verzauberter Mensch, der auf den Ladentisch des Bäckers sprang und seine Pfote auf das falsche Geldstück setzte. Bei jedem Reis taucht der Gedanke an den Reis auf, den die schreckliche Dame, die eine Ghule war, nur körnerweise picken konnte, weil sie nächtlicherweile auf dem Friedhof schmauste. Sogar mein Schaukelpferd – dort steht es mit ganz und gar nach außen gewendeten Nasenlöchern, einem Zeichen von Blutdurst! – sollte einen Pflock im Nacken haben, durch dessen Kraft es mit mir davonfliegen könnte, wie es das hölzerne Pferd angesichts des ganzen Hofstaats seines Vaters mit dem Prinzen von Persien machte.

Ja, über jeden Gegenstand, den ich zwischen den oberen Zweigen meines Christbaumes erkenne, ist dieses feenhafte Licht ausgegossen! Wenn ich an den kalten, finsteren Wintermorgen bei Tagesanbruch im Bett aufwache und den weißen Schnee draußen durch den Frost auf der Fensterscheibe undeutlich wahrnehme, dann höre ich Dinarzade sprechen:

»Schwester, Schwester, wenn du noch wachst, dann bitte ich dich, die Geschichte des jungen Königs von den schwarzen Inseln zu beenden.«

Scheherazade erwidert darauf:

»Wenn mein Herr, der Sultan, mich noch einen Tag am Leben lassen will, will ich nicht nur diese beenden, sondern dir eine noch wunderbarere erzählen.«

Darauf geht der gnädige Sultan aus dem Gemach, ohne Befehl zur Hinrichtung zu geben, und wir atmen alle drei auf.

Auf dieser Höhe meines Baumes beginne ich einen ungeheuren Nachtmahr wahrzunehmen, der zwischen den Blättern kauert. Vielleicht kommt er von diesen vielen Geschichten her, vielleicht ist er auch die Folge eines an Truthahn oder Pudding oder Fleischpastete verdorbenen Magens, lebhafter Phantasie und zu viel Arzneien. Er ist so außerordentlich undeutlich, dass ich nicht weiß, warum er so furchtbar ist – aber ich weiß, dass er es ist. Ich unterscheide bloß eine kolossale Menge gestaltloser Gegenstände, die auf einer ungeheuren Vergrößerung des Drahtgestells für die Soldaten aus der Schachtel aufgepflanzt zu sein scheinen. Das Ganze kommt langsam bis dicht an meine Augen heran und entweicht dann wieder in unermessliche Fernen. Wenn es ganz nahe kommt, ist es am schlimmsten. In Verbindung damit tauchen Erinnerungen an unglaublich lange Winternächte auf; an ein frühes Zu-Bett-geschickt-Werden als Strafe für irgendein kleines Vergehen und ein Erwachen nach zwei Stunden, mit dem Gefühl, zwei Nächte lang geschlafen zu haben; an die schwere Hoffnungslosigkeit, dass der Morgen je wieder dämmern würde; und an die drückende Last eines bösen Gewissens.

Und jetzt sehe ich eine wunderbare Reihe kleiner Lichter vor einem großen grünen Vorhang sich ruhig aus dem Boden erheben. Jetzt ertönt eine Glocke – eine Zauberglocke, die noch jetzt ganz anders als alle anderen Glocken in meinen Ohren klingt – und Musik spielt zwischen einem Stimmengesumm und dem Duft von Orangenschalen und Öl. Nun befiehlt die Zauberglocke der Musik zu schweigen, der große grüne Vorhang geht majestätisch in die Höhe, und die Vorstellung beginnt! Der treue Hund Montargis' rächt den Tod seines Herrn, der im Walde von Bondy heimtückisch ermordet worden ist. Ein humoristischer Bauer mit einer roten Nase und einem sehr kleinen Hut, den ich von Stund an als Freund in mein Herz schließe, bemerkt dazu, der Schafsinn dieses Hundes wäre wirklich überraschend. Ich glaube, er war ein Kellner oder ein Hausknecht in einem Dorfgasthaus, aber es sind viele Jahre seitdem vergangen, und ich weiß es nicht mehr genau. Dieser Witz jedoch wird bis an mein Lebensende frisch und unvergesslich in meinem Gedächtnis leben und alle anderen Witze ausstechen. Oder jetzt erfahre ich unter bitteren Tränen, wie die arme Jane Shore, ganz in Weiß gekleidet und ihr braunes Haar lose herabhängend, hungernd durch die Straßen ging; oder wie George Barnwell den besten Onkel umbrachte, den je ein Mensch gehabt hat, und es nachher so bereute, dass man ihn hätte laufenlassen sollen. Da kommt rasch, um mich zu trösten, die Pantomime – ein verblüffendes Phänomen! Clowns werden aus geladenen Mörsern in den großen Kandelaber geschossen, der wie ein helles Gestirn leuchtet; Harlekine, ganz mit Schuppen aus reinem Gold bedeckt, verrenken ihre Glieder und funkeln wie wunderbare Fische; Pantalon (den ich, ohne es für einen Verstoß gegen die schuldige Ehrerbietung zu halten, im Geiste mit meinem Großvater vergleiche) steckt glühendrote Schüreisen in seine Tasche und ruft: »Jetzt kommt jemand!«, oder beschuldigt den Clown des Diebstahls, indem er sagt: »Ich habe doch gesehen, wie du es tatetest!« Alles verwandelt sich mit der größten Leichtigkeit in jeden beliebigen Gegenstand, und »Nichts ist, aber das Denken gibt ihm Gestalt.« Jetzt lerne ich auch zum ersten Mal das traurige Gefühl kennen – es sollte sich später im Leben noch oft wiederholen –, dass ich am nächsten Tage unfähig bin, mich wieder in die langweilige Alltagswelt zurückzufinden. Ich möchte für immer in der glanzerfüllten Atmosphäre leben, die ich verlassen habe; ich bin in die kleine Fee mit ihrer Rute, gleich der Aushängestange eines himmlischen Barbiers, verliebt und sehne mich nach einer Feenunsterblichkeit mit ihr gemeinsam. Ach, sie tritt noch in vielen Gestalten vor mich hin, während mein Auge die Zweige des Christbaumes hinabwandert, aber sie geht ebenso oft wieder und hat noch nie bei mir verweilen mögen!

Aus diesen wonnigen Erinnerungen heraus entsteht das Puppentheater vor meinen Augen – da ist es mit seinem vertrauten Proszenium und den Damen mit den Federhüten in den Logen. Vielerlei Hantierungen mit Pappe und Leim und Gummi und Wasserfarben gehören dazu bei der Inszenierung von »Der Müller und seine Knechte« und »Elisabeth oder das sibirische Exil«. Zwar gibt es einige unangenehme Zufälle und Misserfolge dabei; besonders zeigen der achtungswerte Kelmar und einige andere eine unvernünftige Neigung, an aufregenden Stellen des Dramas in den Knien schwach zu werden und zusammenzuknicken; aber es ist trotzdem eine Phantasiewelt von so reichem Gehalt, dass ich tief darunter auf meinem Christbaum finstere, schmutzige, wirkliche Theater bei Tage sehe, um die diese Erinnerungen sich wie frische Girlanden mit den seltensten Blumen schlingen und mich noch jetzt entzücken.

Aber horch! Die Weihnachtsmusikanten spielen auf der Straße, und sie wecken mich aus meinem Kinderschlaf. Welche Bilder knüpfen sich in meinem Geist an die Weihnachtsmusik, so wie ich sie auf dem Christbaum zur Schau gestellt finde? Vor allen anderen bekannt und sich von allen anderen weit entfernt haltend, sammeln sie sich um mein kleines Bett. Ein Engel, der zu einer Gruppe von Hirten auf dem Felde spricht; ein paar Wanderer, die mit den Augen am Himmel einem Stern folgen; ein Kindlein in einer Krippe; ein Knabe in einem weiten Tempel, der mit ernsten Männern spricht; eine feierliche Gestalt mit einem milden und schönen Gesicht, die ein totes Mädchen an der

Hand aufrichtet; wiederum die Gestalt, wie sie an einem Stadttor den Sohn einer Witwe auf seiner Bahre ins Leben zurückruft; eine Menschenmenge, die durch das geöffnete Dach in ein Zimmer blickt, wo er sitzt, und einen Kranken auf einem Bett an Seilen hinablässt; wiederum er, wie er im Sturme auf dem Wasser nach einem Schiff hinwandelt; wiederum er, wie er am Meeresufer eine große Menge belehrt; wiederum er, mit einem Kinde auf dem Knie und anderen Kindern um ihn herum; wiederum er, wie er die Blinden sehen, die Stummen sprechen, die Tauben hören macht, wie er den Kranken Gesundheit, den Siechen Kraft, den Unwissenden Weisheit mitteilt; wiederum er, an einem Kreuze sterbend, von bewaffneten Soldaten bewacht, während tiefe Finsternis hereinbricht, die Erde zu wanken beginnt und nur eine Stimme sich vernehmen lässt: »Vergib ihnen, denn sie wissen nicht, was sie tun.«

Die Zweige des Baumes werden niedriger und reifer, und wiederum drängen sich die Weihnachtserinnerungen in dichter Schar. Schulbücher schießen empor. Da hängen Ovid und Virgil, jetzt in stummer Ruhe; die Regeldetri, mit ihren kühlen, unverschämten Fragen, nun längst erledigt; Terenz und Plautus, jetzt nicht mehr in einem Theater von zusammengestellten mit Kerben und Tintenflecken bedeckten Pulten und Bänken gespielt. Höher oben sind Kricket-Schlaghölzer, Pfähle und Bälle sichtbar, um die noch der Duft des niedergetretenen Grases und der von der Abendluft gedämpfte Schall der Zurufe zu schweben scheint. Der Baum ist immer noch frisch und heiter. Wenn ich auch zur Weihnachtszeit nicht mehr nach Hause fahre, so wird es doch (dem Himmel sei Dank dafür!), solange die Welt besteht, Jungen und Mädels geben; und die fahren nach Hause! Dort tanzen und spielen sie auf den Zweigen meines Baumes – Gott segne sie in ihrer Fröhlichkeit – und mein Herz tanzt und spielt ebenfalls.

Und doch komme auch ich am Weihnachtsfest nach Hause. Wir tun es alle oder sollten es doch tun. Wir kommen alle nach Hause, oder sollten nach Hause kommen, um Ferien zu nehmen – je länger, je besser – von der großen Schule, in der wir ständig an unseren arithmetischen Tafeln arbeiten. Was Besuche angeht – wo ist der Ort, wo wir nicht nach Belieben hingehen können, wo der Ort, wo wir nicht schon waren, wenn wir unserer Phantasie von unserem Christbaum aus freien Lauf lassen!

Auf in die Winterlandschaft. Viele sind auf dem Baume sichtbar! Über niedrigen, nebelbedeckten Boden hin geht es durch Moor und Sumpf langgestreckte Hügel hinan, die sich wie finstere Höhlen zwischen dichten Pflanzungen dahinwinden. Kaum sind die funkelnden Sterne sichtbar, und wir fahren weiter, bis wir auf breite Bergkuppen hinauskommen und schließlich, mit plötzlichem Verstummen, an einer Allee haltmachen. Die Torglocke gibt einen tiefen, fast unheimlichen Ton in der frostigen Luft; das Tor dreht sich in seinen Angeln, und während wir auf ein großes Haus zufahren, werden die schimmernden Lichter in den Fenstern größer, und die doppelte Reihe der Bäume scheint zu beiden Seiten feierlich zurückzuweichen, um uns Platz zu machen. Den ganzen Tag über hat von Zeit zu Zeit ein aufgeschreckter Hase diesen schneebedeckten Rasen gekreuzt; oder das ferne Trampeln einer Rotwildherde auf dem hartgefrornen Boden hat für eine Minute das Schweigen gebrochen. Wenn wir die Tiere beobachten könnten, würden wir vielleicht ihre wachsamen Augen wie die eisigen Tautropfen auf den Blättern zwischen dem Farnkraut funkeln sehen; aber sie sind still, und alles ist still. Und so gelangen wir endlich an das Haus, während die Lichter ständig größer werden und die Bäume vor uns zurückweichen und sich hinter uns wieder zusammenschließen, als wollten sie uns den Rückweg abschneiden.

Wahrscheinlich herrscht ein Duft von gebratenen Kastanien und anderen guten Sachen die ganze Zeit über im Hause, denn wir erzählen uns Wintergeschichten – Geistergeschichten, wie sich das so gehört – rund um das Weihnachtsfeuer. Niemand von uns hat sich gerührt, ausgenommen um dem Feuer ein wenig näher zu rücken. Aber darauf kommt es nicht an. Wir traten ins Haus, und es ist ein altes Haus mit riesigen Kaminen, in denen das Holz auf altmodischen Feuerböcken auf dem Herde verbrannt wird. Von dem Eichengetäfel der Wände aber blicken grimmige Porträts (einige darunter auch mit grimmigen Inschriften) finster und misstrauisch herab. Wir sind ein Edelmann in mittleren Jahren, und wir nehmen ein reichhaltiges Souper mit unserem Gastgeber und der Gastgeberin und den Eingeladenen ein – es ist Weihnachtszeit und das alte Haus voller Gäste – und gehen dann zu Bett.

Unser Zimmer ist ein sehr altes Zimmer und mit Wandteppichen behängt. Das Porträt eines Kavaliers in Grün über dem Kamin will uns gar nicht gefallen. Die Decke weist große schwarze Balken auf, und im Zimmer steht eine große schwarze Bettstelle, am Fußende von zwei großen schwarzen Figuren gestützt. Sie scheinen von zwei Gräbern in der alten freiherrlichen Kirche im Park gekommen zu sein, damit wir es besonders behaglich hätten. Aber wir sind kein abergläubischer Edelmann, und wir machen uns nichts daraus. Wir schicken also unseren Diener fort, verschließen die Tür und setzen uns im Schlafrock vor das Feuer, um über vielerlei nachzudenken. Schließlich gehen wir zu Bett. Aber mit dem Einschlafen will es nicht gehen. Wir werfen uns hin und her und können keinen Schlaf finden. Die ausgeglühten Scheite in dem Kamin flackern manchmal auf und lassen das Zimmer gespenstig erscheinen. Wider Willen blicken wir über die Bettdecke nach den beiden schwarzen Figuren und dem Kavalier in Grün hin – diesem verdächtig aussehenden Kavalier. In dem flackernden Licht scheinen sie näher zu kommen und wieder zurückzutreten, und obwohl wir durchaus kein abergläubischer Edelmann sind, so ist das doch nicht angenehm. Wir werden nervös – mehr und mehr nervös. Wir sagen zu uns selbst: »Das ist höchst albern; aber wir können das nicht aushalten. Wir wollen vorgeben, uns krank zu fühlen, und nach jemand läuten.« Wir wollen das gerade tun, als die verschlossene Tür aufgeht und ein junges Mädchen mit langem, blondem Haar und totenbleichem Gesicht hereintritt. Sie gleitet ans Feuer und setzt sich händeringend in den Sessel, den wir dort stehengelassen haben. Jetzt bemerken wir, dass ihre Kleider nass sind. Die Zunge klebt uns am Gaumen, und wir können nicht sprechen; jedoch beobachten wir das Mädchen genau. Ihre Kleider sind nass; an dem langen Haar klebt feuchte Erde; sie ist nach der Mode von vor zweihundert Jahren gekleidet, und an ihrem Gürtel hängt ein rostiger Schlüsselbund.

Nun, da sitzt sie also, und wir können nicht einmal ohnmächtig werden, so gespannt sind wir. Nach kurzer Zeit steht sie auf und probiert alle Schlösser im Zimmer mit den verrosteten Schlüsseln, die zu keinem passen wollen. Darauf richtet sie ihre Augen auf das Porträt des Kavaliers in Grün und sagt mit leiser, grauenerregender Stimme: »Die Hirsche wissen es!« Danach ringt sie wieder die Hände, geht am Bett vorüber und verlässt das Zimmer. Wir werfen uns hastig in unseren Schlafrock, ergreifen unsere Pistolen (wir reisen stets mit Pistolen) und wollen ihr folgen, als wir die Tür verschlossen finden. Wir drehen den Schlüssel um und blicken in die finstere Galerie hinaus, aber es ist niemand da. Wir machen uns auf und versuchen, unseren Diener zu finden. Das ist aber unmöglich. Wir gehen bis zum Tagesanbruch in der Galerie auf und ab. Dann kehren wir in unser verlassenes Zimmer zurück, schlafen ein und werden von unserem Diener (dem erscheint niemals etwas) und dem Sonnenschein geweckt.

Beim Frühstück haben wir nicht den geringsten Appetit, und die ganze Gesellschaft meint, wir sähen verdrießlich aus. Nach dem Frühstück gehen wir mit unserem Gastgeber durch das Haus. Darauf führen wir ihn vor das Porträt des Kavaliers in Grün, und da kommt alles heraus. Er hat eine junge Haushälterin betrogen, die einst in der Familie lebte und wegen ihrer Schönheit berühmt war. Sie ertränkte sich in einem Teich, und nach langer Zeit fand man ihren Leichnam, weil die Hirsche nicht von dem Wasser trinken wollten. Seitdem, flüstert man, geht sie um Mitternacht durch das Haus (besonders sucht sie das Zimmer auf, wo der Kavalier in Grün zu schlafen pflegte) und probiert die alten Schlösser mit den verrosteten Schlüsseln. Nun, wir erzählen unserem Gastgeber, was wir gesehen haben, und ein Schatten überfliegt seine Züge. Er bittet uns, Stillschweigen zu bewahren, und das tun wir auch. Jedoch ist die ganze Geschichte buchstäblich wahr, und wir haben das vor unserem Tode (denn wir sind jetzt längst gestorben) vielen wichtigen Persönlichkeiten gesagt.

Zahllos sind die alten Häuser mit widerhallenden Galerien, unheimlichen Prunkschlafräumen und seit vielen Jahren unbenutzten Spukzimmern des Seitenbaus, durch die wir mit einem angenehmen Gruseln wandern und jeder beliebigen Menge von Geistern begegnen können. Freilich – die Bemerkung mag vielleicht nicht überflüssig sein – lassen sich die Geister in einige wenige Typen und Klassen einteilen, denn sie besitzen wenig Originalität und es sind ausgetretene Pfade, auf denen sie »umgehen«. So kommt es vor, dass ein bestimmtes Zimmer in einem bestimmten alten Herrenhaus, wo ein bestimmter böser Lord, Baronet, Ritter oder Gentleman sich einst eine Kugel durch den Kopf gejagt hat, bestimmte Dielen im Fußboden aufweist, aus denen die Blutflecke durch keine Mittel zu entfernen sind. Man kann reiben und reiben, wie es der jetzige Besitzer getan hat, oder hobeln und hobeln, wie es sein Vater getan hat, oder scheuern und scheuern, wie es sein Großvater getan hat, oder mit starken Säuren brennen und brennen, wie es sein Urgroßvater getan hat – das Blut bleibt stets da, nicht röter und nicht blässer, nicht mehr und nicht weniger, stets genau das gleiche. So gibt es in einem anderen derartigen Hause eine Spuktür, die niemals offen bleiben will; oder eine andere Tür, die niemals geschlossen bleibt; oder ein gespenstiges Geräusch von einem Spinnrad oder einen Hammerschlag, einen Schritt, einen Schrei, einen Seufzer, ein Pferdegetrappel, ein Kettengeklirr. Oder sonst gibt es eine Turmuhr, die zur Mitternachtsstunde dreizehn schlägt, wenn das Haupt der Familie sterben soll; oder einen unbeweglichen schwarzen Schattenwagen, der zu solchen Zeiten immer von jemand gesehen wird, wie er in der Nähe des großen Tores im Stallhof wartet.

Auch kam es vor, dass Lady Mary auf Besuch in ein großes wildes Haus im schottischen Hochland fuhr und, müde von der langen Reise, früh zu Bett ging. Am nächsten Morgen beim Frühstück aber meinte sie arglos:

»Wie seltsam, dass gestern Abend spät noch eine Gesellschaft in diesem abgelegenen Haus stattfand, ohne dass man mir vor dem Zubettgehen etwas davon gesagt hat!«

Daraufhin fragte jeder Lady Mary, was sie meinte. Und Lady Mary erwiderte:

»Nun, die ganze Nacht hindurch fuhren doch die Wagen um die Terrasse unter meinem Fenster herum und herum!«

Daraufhin wurde der Hausherr blass und seine Lady desgleichen, und Charles Macdoodle of Macdoodle machte Lady Mary ein Zeichen, nicht weiterzusprechen, und schwieg. Nach dem Frühstück teilte Charles Macdoodle Lady Mary mit, es wäre eine Überlieferung in der Familie, dass diese rollenden Wagen auf der Terrasse einen Todesfall anzeigten. Und das bewahrheitete sich auch, denn zwei Monate später starb die Dame des Hauses. Und Lady Mary, die am Hofe Ehrendame war, erzählte diese Geschichte oft der alten Königin Charlotte. Der alte König pflegte dabei stets zu sagen:

»Wie, wie? Was, was? Geister, Geister? Nichts da, nichts da!«

Und das wiederholte er in einem fort, bis er zu Bett ging.

Oder: Ein Freund von jemand, den die meisten von uns kennen, hatte einen Schulkameraden, mit dem er ausmachte, wenn die Seele nach ihrer Trennung vom Körper auf diese Erde zurückkehren könnte, so sollte derjenige von ihnen beiden, der zuerst sterben würde, dem anderen wiedererscheinen. Im Laufe der Zeit entschwand diese Übereinkunft unserem Freund aus dem Gedächtnis. Die beiden Kameraden waren im Leben vorangekommen und ihre Pfade hatten sich weit voneinander getrennt. Aber viele Jahre später reiste unser Freund im Norden Englands und war für die Nacht in einem Gasthaus auf den Mooren von Yorkshire abgestiegen. Er hatte sich bereits zu Bett begeben und warf einen zufälligen Blick in das Zimmer. Da sah er im Mondlicht, auf ein Schreibpult am Fenster gelehnt und ihn fest anblickend, seinen alten Schulkameraden stehen! Als er die Erscheinung feierlich ansprach, erwiderte sie in einer Art Flüstern, aber ganz deutlich vernehmbar:

»Nähere dich mir nicht. Ich bin gestorben. Ich bin hier, um mein Versprechen einzulösen. Ich komme aus einer anderen Welt, deren Geheimnisse ich nicht enthüllen darf!«

Darauf wurde die ganze Gestalt undeutlicher und löste sich gleichsam im Mondschein auf.

Oder: Da war die Tochter des ersten Besitzers des malerischen elisabethanischen Hauses, das in unsrer Nachbarschaft so berühmt war. Sie haben von ihr gehört? Nein? Nun, sie war ein schönes junges Mädchen, gerade siebzehn Jahre alt, und ging an einem Sommerabend im Zwielicht in den Garten, um Blumen zu pflücken. Nach wenigen Minuten kam sie, zu Tode erschrocken, in die Halle zu ihrem Vater gelaufen und sagte:

»Oh, lieber Vater, ich bin mir selbst begegnet!« Er nahm sie in seine Arme und sagte ihr, das wäre bloße Einbildung, aber sie erwiderte:

»O nein! Ich begegnete mir selbst auf dem Mittelgang, und ich war blass und pflückte verwelkte Blumen, und ich wandte den Kopf und hielt sie in die Höhe!«

Und in derselben Nacht starb sie. Ein Bild, das ihre Geschichte darstellt, wurde begonnen, aber niemals vollendet, und man sagt, es hängt bis auf den heutigen Tag, die Vorderseite der Wand zugekehrt, irgendwo im Hause.

Oder: Der Onkel von meines Bruders Frau ritt an einem lauen Abend gegen Sonnenuntergang nach Hause, als er auf einem engen Feldweg in der Nähe seines Hauses gerade in der Mitte des Pfades eine Gestalt vor sich stehen sah.

»Weshalb steht dieser Mann im Mantel dort?«, dachte er. »Will er von mir überritten werden?«

Aber die Gestalt blieb regungslos. Ein sonderbares Gefühl beschlich ihn, als er sie so still dastehen sah, aber er ritt, wenn auch in langsamerem Schritt, weiter. Als er ihr so nahe war, dass er sie fast mit seinem Steigbügel berührte, scheute sein Pferd, und die Gestalt glitt in einer seltsamen, unirdischen Weise – rücklings und anscheinend ohne die Füße zu gebrauchen – die Böschung hinan und war verschwunden. Mit dem Ausruf: »Lieber Himmel! Das ist ja mein Vetter Harry aus Bombay!«, gab der Onkel von meines Bruders Frau dem Pferd, das plötzlich über und über in Schweiß war, die Sporen und galoppierte, über das sonderbare Verhalten des Tieres verwundert, vor die Front des Hauses. Dort sah er dieselbe Gestalt, wie sie gerade zu dem langen Flügelfenster des zu ebener Erde gelegenen Salons hineinglitt. Er warf die Zügel einem Diener zu und eilte hinter der Gestalt in den Salon. Er traf seine Schwester allein darin an.

»Alice, wo ist mein Vetter Harry?«

»Dein Vetter Harry, John?«

»Ja. Aus Bombay. Ich begegnete ihm gerade auf dem Feldweg und sah ihn vor einem Augenblick hier hineingehen.«

Niemand hatte irgendein lebendiges Wesen gesehen, und wie sich später herausstellte, starb in dieser Stunde der Vetter in Indien.

Oder: Es gab eine gewisse gescheite alte Jungfer, die im Alter von neunundneunzig Jahren starb und bis zuletzt bei klarem Verstand war. Diese hat tatsächlich den Waisenknaben gesehen. Die Geschichte ist oft unrichtig wiedergegeben worden, aber hier steht wirklich die reine Wahrheit, denn es ist eine Geschichte aus unserer Familienüberlieferung, und sie war eine Verwandte von uns. Der Mann, dem sie ihr Herz geschenkt hatte, war jung gestorben, und aus diesem Grunde hatte sie nie geheiratet, obwohl sich viele um sie beworben hatten. Im Alter von vierzig Jahren nun, als sie immer noch eine ungewöhnlich schöne Frau war, reiste sie nach einem Besitztum in Kent, das ihr Bruder, ein Indien-Kaufmann, vor kurzem erworben hatte. Es ging die Sage, dass dieses Gut einst von dem Vormund eines jungen Knaben verwaltet worden war, der, selbst der nächste Erbe, den Knaben durch harte und grausame Behandlung ums Leben gebracht hatte. Sie aber hatte nichts davon gehört. Man behauptet, dass ein Käfig in ihrem Schlafzimmer stand, in den der Vormund den Knaben einzusperren pflegte. Aber es gab nichts dergleichen; nur ein Schrank stand darin. Sie ging zu Bett, schlug in der Nacht durchaus keinen Lärm und sagte am Morgen gleichmütig zu ihrem Mädchen, als es ins Zimmer trat:

»Wer ist das hübsche, verlassen aussehende Kind, das die

ganze Nacht hindurch aus dem Schrank da herausgeblickt hat?«

Das Mädchen antwortete nur durch einen lauten Schrei und lief augenblicklich davon. Sie war überrascht; aber sie besaß ungewöhnlichen Mut. Sie kleidete sich an, ging nach unten und schloss sich mit ihrem Bruder ein.

»Walter«, sagte sie, »ich bin die ganze Nacht hindurch von einem hübschen, verlassen aussehenden Knaben gestört worden, der beständig aus dem Schrank in meinem Zimmer, den ich nicht aufkriege, hervorblickte. Das ist irgendein Blendwerk.«

»Ich fürchte nein, Charlotte«, sagte er, »denn es ist die Sage des Hauses. Es ist der Waisenknabe. Was tat er?«

»Er öffnete sacht die Schranktür«, erwiderte sie, »und blickte hinaus. Bisweilen tat er einen Schritt oder zwei ins Zimmer. Bei dieser Gelegenheit rief ich ihm zu, um ihn zu ermutigen; aber er wich schaudernd zurück, kroch wieder hinein und schloss die Tür.«

»Der Schrank, Charlotte«, sagte ihr Bruder, »steht in keinerlei Verbindung mit irgendeinem anderen Teile des Hauses und ist vernagelt.«

Das war unbestreitbar richtig, und zwei Zimmerleute hatten einen ganzen Vormittag zu arbeiten, um ihn zu öffnen, damit man ihn untersuchen könnte. Da war sie denn überzeugt, dass sie den Waisenknaben gesehen hatte. Aber das Furchtbare an der Geschichte ist, dass er auch nacheinander dreien ihrer Neffen erschien, die alle jung starben. Jeder dieser drei Knaben kam zwölf Stunden, bevor die Krankheit bei ihm ausbrach, erhitzt nach Hause und sagte seiner Mama, er hätte unter einer bestimmten Eiche auf einer bestimmten Wiese mit einem fremden Jungen gespielt – einem hübschen, verlassen aussehenden Jungen, der sehr schüchtern war und ihm Zeichen machte. Die traurige Erfahrung, die sie machen mussten, belehrte dann die Eltern, dass dies der Waisenknabe war und dass das Leben des Kindes, das er sich zum Gespielen erkor, sicher zu Ende war.

Zahllos sind die deutschen Schlösser, wo wir allein dasitzen und auf das Gespenst warten. Wir werden in ein Zimmer geleitet, das für unseren Empfang verhältnismäßig behaglich hergerichtet wurde und in dem wir uns nach den Schatten umblicken, die das knisternde Feuer auf die kahlen Wände wirft. Wir fühlen uns sehr einsam, als der Wirt des Dorfgasthauses und seine hübsche Tochter sich zurückgezogen haben, nachdem sie vorher einen frischen Stoß Holz auf den Kamin gelegt und auf den kleinen Tisch zum Abendbrot kalten gebratenen Kapaun, Brot, Trauben und eine Flasche alten Rheinwein gesetzt haben. Als sie sich zurückziehen, schlagen die Türen hinter ihnen eine nach der anderen mit einem Getöse wie dumpfes Donnerrollen zu, und allein geblieben, machen wir in tiefer Nacht verschiedene übernatürliche Erfahrungen. Zahllos sind die behexten deutschen Studenten, in deren Gesellschaft wir näher ans Feuer heranrücken, während der Schuljunge im Winkel seine Augen groß und rund aufreißt und von dem Schemel, den er sich zum Sitz erkoren, herunterfällt, wenn der Wind zufällig die Tür aufreißt. Eine reiche Menge von solchen Früchten schimmert auf unserem Christbaum; noch fast an der Spitze fangen sie schon zu blühen an und reifen an allen Zweigen entlang abwärts.

Zwischen den Spielsachen und Phantasien, die auf den unteren Baumzweigen hängen – oft ebenso müßig und weniger rein –, mögen die Bilder für immer unverändert bleiben, die ich einst mit der süßen Weihnachtsmusik verknüpfte, die so sanft durch die Nacht tönte! Von den freundlichen Gedanken der Weihnachtszeit umgeben, möge die gütige Gestalt meiner Kindheit für immer weilen! In jeder Freude, die die Jahreszeit mit sich bringt, möge der helle Stern, der über dem armen Dach schimmerte, der Stern der ganzen Christenwelt sein! Verweile noch einen Augenblick, o dahinschwindender Baum, dessen tiefere Zweige für mich noch dunkel sind, und lass mich nochmals auf dich schauen! Ich weiß, es gibt leere Stellen auf deinen Zweigen, wo Augen, die ich dereinst geliebt habe, geleuchtet und gelächelt haben; und die jetzt nicht mehr sind. Aber weit oben sehe ich den, der das tote Mädchen wieder zum Leben erweckte, und Gott ist gut! Wenn in deinen noch nicht sichtbaren untersten Zweigen sich das Alter für mich verbirgt, o möge ich in grauen Haaren noch das Herz und das Vertrauen eines Kindes dieser Gestalt zuwenden!

Jetzt ist der Baum mit Gesang und Tanz und Fröhlichkeit geschmückt. Und sie sind willkommen. Unschuldige Freude möge stets willkommen sein unter den Zweigen des Christbaumes, die keinen finsteren Schatten werfen! Aber während er in den Boden sinkt, höre ich ein Flüstern durch die Blätter gehen:

»Dies zum Gedenken an das Gesetz der Liebe und Freundlichkeit, der Barmherzigkeit und des Mitleids. Dies zum Gedenken an mich!«

Josef Weinheber verdankte seinen Aufstieg als erfolgreicher österreichischer Lyriker und Erzähler seiner Verbindung mit dem Nationalsozialismus, dessen Ideen einschließlich des Antisemitismus er nachdrücklich vertrat. Dies hat nach dem Krieg zu einer erbitterten Debatte über das Erbe geführt, bei der ein unverdächtiger Kritiker wie Marcel Reich-Ranicki den literarischen Wert einzelner Gedichte verteidigt hat. »Dezember«, in dessen Mittelpunkt dem historischen Weihnachtsgeschehen eine aktuelle Weihnachtsfeier gegenübersteht, zählt zu den frühen Jugendwerken.

JOSEF WEINHEBER

Dezember

Im Stall bei Esel, Ochs und Rind
zur Nacht geboren ward das Kind.
Und wieder still wie ehedem
der Stern leucht' über Bethlehem.
Gott in der Höh sei Preis und Ehr,
und Fried den Menschen weit umher.

Gevatter, schlachte du ein Schwein,
back Honigbrot, fahr auf den Wein
und heiz die Stuben nach Gebühr,
dass uns das Kindlein ja nicht frier!
Wir feierns mit bei Trunk und Schmaus:
Die Glock schlägt zwölf – Das Jahr ist aus.

Theodor Storms bekanntestes Weihnachtsgedicht »Von drauß' vom Walde komm ich her« war 1862 in der Novelle »Unter dem Tannenbaum« erschienen. Später kam er wiederholt auf das Thema zurück. So 1876 mit seinem »Weihnachtslied«, das die Weihnachtszeit insgesamt mit ihrem ›Zauber‹ anspricht. 1881 aber, sieben Jahre vor seinem Tod, stellt »Weihnachtsabend« eine eher kritische Sicht dar, sofern der Protagonist am Sinn des Weihnachtsgeschehens scheitert.

THEODOR STORM

Weihnachtsabend

Die fremde Stadt durchschritt ich sorgenvoll,
Der Kinder denkend, die ich ließ zu Haus,
Weihnachten war's; durch alle Gassen scholl
Der Kinderjubel und des Markts Gebraus.

Und wie der Menschenstrom mich fortgespült,
Drang mir ein heiser Stimmlein an das Ohr:
»Kauft, lieber Herr!« Ein magres Händchen hielt
Feilbietend mir ein ärmlich Spielzeug vor.

Ich schrak empor, und beim Laternenschein
Sah ich ein bleiches Kinderangesicht;
Wes Alters und Geschlechts es mochte sein,
Erkannt ich im Vorübertreiben nicht.

Nur von dem Treppenstein, darauf es saß,
Noch immer hört ich, mühsam, wie es schien
»Kauft, lieber Herr!« den Ruf ohn Unterlass;
Doch hat wohl keiner ihm Gehör verliehn.

Und ich? – War's Ungeschick, war es die Scham,
Am Weg zu handeln mit dem Bettelkind?
Eh meine Hand zu meiner Börse kam,
Verscholl das Stimmlein hinter mir im Wind.

Doch als ich endlich war mit mir allein,
Erfasste mich die Angst im Herzen so,
Als säß mein eigen Kind auf jenem Stein
Und schrie nach Brot, indessen ich entfloh.

Theodor Fontane hat sich in Gedichten und im Roman »Unwiederbringlich« immer wieder mit dem Thema Weihnachten beschäftigt. So schrieb er für seine Ehefrau Emilie, die er 1850 geheiratet hatte, das Gedicht »Weihnachten 1859«, das den Sinn des Weihnachtsfestes in eine eher heiter-launige Atmosphäre taucht.

THEODOR FONTANE

Weihnachten 1859

An Emilie

Gekommen ist der heil'ge Christ
Die ganze Stadt voll Lichter ist;
Auch unsre sollen brennen.
Die Sorgen weg und zünde an,
Ich will derweil, so gut ich kann,
Dir meine Wünsche nennen.

Empfang zuerst ein Strumpfenband,
Das ich für dreißig Pfengk erstand
Bei Fonrobert im Laden.
Ich wünsche dir, geliebtes Weib,
Bald wieder einen dünnem Leib
Und etwas dick're Waden.

Empfang alsdann ein Kontobuch,
Fürs Credit ist es groß genug,
Fürs Debet etwas kleine.
Indes, es heißt ja: »rund die Welt«,
Der Beutel wird mal wieder Geld
Und hilft uns auf die Beine.

Und drum zuletzt den heißen Wunsch,
Dass unsres Schicksals dicker Flunsch
Bald hübsch'ren Zügen weiche,
Und dass ein bisschen Sonnenschein
Zieh wieder endlich bei uns ein
Und unser Herz beschleiche.

Joseph Franz Mohr, katholischer Hilfspriester im Salzburger Land, verfasste 1816 »Stille Nacht! Heilige Nacht!« – das wohl berühmteste aller Weihnachtslieder. Er bat zwei Jahre später seinen Freund Franz Xaver Gruber um eine Vertonung, die er am Heiligabend als zweistimmigen Gesang zur Gitarrenbegleitung bei einem Krippenspiel erstmals aufführte. Die heute gebräuchliche Fassung bietet allerdings nur drei der ursprünglich sechs Strophen. Die theologisch anspruchsvolle Betrachtung des Weihnachtsgeschehens als Überwindung des Sündenfalls ist getilgt – nur die Idylle ist übrig geblieben. Hier ist die Urfassung wiedergegeben.

JOSEPH FRANZ MOHR

Stille Nacht! Heilige Nacht!
Alles schläft; einsam wacht
Nur das traute heilige Paar.
Holder Knab' im lockigten Haar,
Schlafe in himmlischer Ruh!
Schlafe in himmlischer Ruh!

Stille Nacht! Heilige Nacht!
Gottes Sohn! O wie lacht
Lieb' aus deinem göttlichen Mund,
Da uns schlägt die rettende Stund'.
Jesus in deiner Geburt!
Jesus in deiner Geburt!

Stille Nacht! Heilige Nacht!
Die der Welt Heil gebracht,
Aus des Himmels goldenen Höhn
Uns der Gnaden Fülle lässt seh'n
Jesum in Menschengestalt,
Jesum in Menschengestalt

Stille Nacht! Heilige Nacht!
Wo sich heut alle Macht
Väterlicher Liebe ergoss
Und als Bruder huldvoll umschloss
Jesus die Völker der Welt,
Jesus die Völker der Welt.

Stille Nacht! Heilige Nacht!
Lange schon uns bedacht,
Als der Herr vom Grimme befreit,
In der Väter urgrauer Zeit
Aller Welt Schonung verhieß,
Aller Welt Schonung verhieß.

Stille Nacht! Heilige Nacht!
Hirten erst kundgemacht
Durch der Engel Alleluja,
Tönt es laut bei Ferne und Nah:
Jesus der Retter ist da!
Jesus der Retter ist da!

Rainer Maria Rilke hat sich intensiv mit dem christlichen Glauben beschäftigt. Davon zeugt besonders der umfangreiche Gedichtzyklus »Das Marien-Leben«, veröffentlicht im Jahre 1912. Eines der darin enthaltenen Gedichte, »Die Geburt Christi«, thematisiert das Weihnachtsgeschehen von der Geburt Jesu bis zur Huldigung der Heiligen Drei Könige.

RAINER MARIA RILKE

Geburt Christi

Hättest du der Einfalt nicht, wie sollte
dir geschehn, was jetzt die Nacht erhellt?
Sieh, der Gott, der über Völkern grollte,
macht sich mild und kommt in dir zur Welt.

Hast du dir ihn größer vorgestellt?
Was ist Größe? Quer durch alle Maße,
die er durchstreicht, geht sein grades Los.
Selbst ein Stern hat keine solche Straße.
Siehst du, diese Könige sind groß,

und sie schleppen dir vor deinen Schoß
Schätze, die sie für die größten halten,
und du staunst vielleicht bei dieser Gift –:
aber schau in deines Tuches Falten,
wie er jetzt schon alles übertrifft.

Aller Amber, den man weit verschifft,
jeder Goldschmuck und das Luftgewürze,
das sich trübend in die Sinne streut:
alles dieses war von rascher Kürze,
und am Ende hat man es bereut.
Aber (du wirst sehen): Er erfreut.

Leo der Große, im 5. Jahrhundert Bischof in Rom, gehört zu den Organisatoren der Gesamtkirche in einem Augenblick, als das Kaisertum im Westen zusammenbrach. Im theologischen Streit um die ›Natur‹ Christi, bezog er die Position, dass Jesus sowohl Gott als auch Mensch ist. Er verteidigte sie in insgesamt zehn Weihnachtspredigten. Zu Beginn der zweiten geht er dem schwer begreifbaren ›Geheimnis‹ nach, das in der ›Jungfrauengeburt‹ gipfelt. Er setzte sich damit durch: Leos Deutung von Weihnachten sollte zur Einigungsformel der katholischen Christenheit werden.

LEO DER GROSSE

Sermo XXII

Zweite Predigt auf Weihnachten

1.

Geliebteste! Lasst uns frohlocken im Herrn, lasst uns im Geiste vor Freude jauchzen; denn erschienen ist der Tag, der uns neue Erlösung bringt, auf den die alten Zeiten hinwiesen, und der uns ewiges Glück beschert! Kehrt doch alljährlich das Geheimnis unseres Heiles wieder, jenes Geheimnis, das von Anfang an verheißen wurde, am Ende der festgesetzten Zeit in Erfüllung ging und endlos dauern soll. Recht und billig ist es, dass wir an diesem Tage unser Herz zum Himmel erheben und dieses göttliche Mysterium verehren, damit das, was Gott in seiner großen Gnade wirkt, in der Kirche unter großem Jubel gefeiert werde. Hat doch der allmächtige und mildreiche Gott, dessen Wesen Güte, dessen Wille Macht, dessen Werk Erbarmung ist, sobald uns die Bosheit des Teufels durch das Gift seines Neides den Tod gebracht hatte, schon in den ersten Zeiten der Welt im Voraus die Heilmittel bezeichnet, die seine Liebe für die Erlösung der Menschen in Bereitschaft hielt. Wies er doch die Schlange auf den künftigen Samen des Weibes hin, der durch die ihm innewohnende Kraft ihr stolzes schädliches Haupt zermalmen sollte. Damit meinte er Christus, den im Fleische kommenden Gottmenschen, der, von einer Jungfrau geboren, den Verderber des Menschengeschlechts durch eine makellose Geburt vernichten sollte. Der Teufel brüstete sich, dass der Mensch infolge seiner Umgarnung der göttlichen Gnadengaben verlustig gegangen sei und – des Geschenkes der Unsterblichkeit beraubt – das harte Todesurteil habe hören müssen. Er brüstete sich damit, dass er selbst in seiner Pein einigen Trost in jenen gefunden habe, die mit ihm seine Pflichtvergessenheit geteilt. Er brüstete sich, dass auch Gott infolge der Forderung des Prinzipes strenger Gerechtigkeit seinen früheren Beschluss dem Menschen gegenüber, den er in so hoher Würde erschaffen hatte, geändert habe. Darum bedurfte es, Geliebteste, der Aufstellung eines geheimen Planes. Diesem zufolge wollte der unwandelbare Gott, dessen Wille seiner Güte nicht verlustig gehen kann, die erste Bestimmung seiner väterlichen Liebe in einem verborgeneren Geheimnisse verwirklichen. Sollte doch der durch die List teuflischer Bosheit in Schuld geratene Mensch nicht gegen die Absicht Gottes zugrunde gehen.

2.

Als demnach, Geliebteste, die Zeit erschien, die im Voraus für die Erlösung der Menschen bestimmt war, kehrt der Sohn Gottes, Jesus Christus, auf unserer niedrigen Erde ein, indem er von seinem himmlischen Throne herabsteigt und, ohne die Herrlichkeit seines Vaters zu verlieren, unter neuen Verhältnissen, auf neue Art Mensch wird. Unter neuen Verhältnissen, weil er, unsichtbar in seinem Wesen, sichtbar in unserem wurde, wie er, der Unfassbare, erfasst sein wollte, weil er, der vor aller Zeit schon war, in der Zeit seinen Anfang nahm, weil er, der Herr des Weltalls, zur Knechtsgestalt griff, indem er die Würde seiner Majestät verhüllte, weil der des Leidens unfähige Gott es nicht verschmähte, ein leidensfähiger Mensch zu sein und, wenngleich unsterblich, sich vor den Gesetzen des Todes zu beugen. Auf neue Art aber kam er zur Welt, da er von einer Jungfrau empfangen, von einer Jungfrau geboren wurde, ohne fleischliche Lust von Seiten des Vaters, ohne Verlust der Reinheit von Seiten der Mutter. Ziemte doch dem künftigen Erlöser der Menschen eine solche Geburt, die das Wesen menschlicher Natur an sich hätte und von der Befleckung menschlichen Fleisches nichts wusste. Ist ja Gott der Erzeuger des im Fleische zur Welt kommenden Gottes nach der Versicherung des Erzengels, die dieser der seligen Jungfrau Maria gab: »Der Heilige Geist wird auf dich herabkommen, und die Kraft des Allerhöchsten wird dich überschatten; darum wird auch das Heilige, das aus dir geboren werden wird, Sohn Gottes genannt werden.« Die Erzeugung ist verschieden, die Natur jedoch ganz ähnlich. Seine Geburt hat nichts zu tun mit dem gewöhnlichen Verkehr der Menschen. Nein, auf göttlicher Macht beruht es, dass eine Jungfrau empfing, eine Jungfrau gebar und dennoch immer Jungfrau blieb. Hierbei muss man nicht die menschliche Natur der Gebärenden im Auge haben, sondern den Willen dessen, der geboren wird, der in der Weise Mensch wurde, wie er es wollte und konnte. Suchst du seine wahre Natur, so erkenne die menschliche Materie, forschest du nach der Art und Weise seiner Menschwerdung, so bekenne dich zu göttlicher Kraft! Denn erschienen ist der Herr Jesus Christus, um von uns alle Befleckung zu nehmen, nicht um sich beflecken zu lassen, sondern um sie zu heilen. Erschienen ist er, um jegliches Siechtum der Verderbnis und alle Eiterbeulen schmutzstarrender Seelen zu kurieren. Darum musste auch der unter neuen Umständen geboren werden, der dem Leib des Menschen das neue Gnadengeschenk unbefleckter Reinheit brachte. Musste doch die Makellosigkeit dessen, der geboren wird, die ursprüngliche Jungfräulichkeit der Mutter wahren und die auf sie ausgeströmte Kraft des göttlichen Geistes das ihm wohlgefällige Bollwerk der Keuschheit und den Wohnsitz der Züchtigkeit rein erhalten. Hatte ja dieser Geist beschlossen, das Gestürzte wiederaufzurichten und das Zerbrochene wieder ganz zu machen und der Keuschheit zum Siege über die Lockungen des Fleisches gesteigerte Kraft zu verleihen, auf dass die Jungfräulichkeit, die bei anderen durch die Geburt nicht unversehrt bleiben konnte, auch bei (diesen) anderen durch ihre Wiedergeburt ein Ziel der Nachahmung würde.

3.

Scheint aber nicht gerade *der* Umstand, Geliebteste, dass die Wahl Christi für seine Geburt auf eine Jungfrau fiel, die Folge gründlichster Überlegung gewesen zu sein? Dadurch erfuhr ja der Teufel nichts davon, dass dem Menschengeschlechte das Heil geboren wurde. Und da ihm die Empfängnis durch den Heiligen Geist verborgen blieb, so glaubte er, dass derjenige, der in seinen Augen nichts anders als die andern war, auch nicht auf andere Weise als die Übrigen zur Welt gekommen sei. Meinte er doch, dass *jener* mit allen den gleichen Ursprung habe, dessen Natur, wie er sah, mit allen Ähnlichkeit besaß. Auch erkannte er nicht, dass *der* von den Banden der Übertretung des göttlichen Gebotes frei sei, den er von den Schwächen der sterblichen Natur nicht ausgeschlossen fand. Denn obwohl Gott, der wahrhaft mit uns Mitleid fühlte, unsäglich viele Mittel für die Erlösung des Menschengeschlechtes zu Gebote gestanden wären, wählte er doch vor allem *diesen* Weg zur Rettung. Zur Vereitlung des teuflichen Werkes wollte er nicht von der Kraft seiner *Allmacht*, sondern von dem Prinzipe der *Gerechtigkeit* Gebrauch machen. Nicht ganz ohne Grund beanspruchte ja der stolze Erbfeind über alle Menschen das Recht eines Gebieters. Nicht mit Unrecht übte er über jene eine drückende Herrschaft aus, die er mit ihrer eigenen Zustimmung der Gebote Gottes entfremdet und durch List *seinem* Willen dienstbar gemacht hatte. Zu *Unrecht* also würde er der seit den ersten Zeiten bestehenden Dienstbarkeit des Menschengeschlechtes verlustig gehen, wenn er nicht gerade in dem besiegt würde, was er sich unterworfen hatte. Damit dies geschehen könne, wurde Christus *ohne* den Samen eines Mannes von einer *Jungfrau* empfangen, die nicht menschliche Begattung, sondern der Heilige Geist befruchtete. Und während bei allen Müttern die Empfängnis nicht ohne sündige Befleckung vor sich geht, ist für sie *das* eine Quelle der Reinheit geworden, woraus sie empfangen hat: Wo kein väterlicher Same sich ergoss, da drang auch kein Keim der Sünde ein. Ihre ungeschwächte Jungfräulichkeit wusste nichts von sinnlicher Lust, gab aber den Leib. Der Herr nahm von seiner Mutter nur die menschliche Natur, nicht auch die Schuld. Zur Welt kam eine Knechtsgestalt, doch ohne sich im Zustand der Knechtschaft zu befinden, da der neue Mensch sich so mit dem Alten verband, dass er auf der einen Seite unsere wahre Art annahm, auf der andern die alte Stammessünde von sich ausschloss.

4.

Da also der erbarmungsreiche und allmächtige Erlöser in *der* Weise den Beginn seiner Menschwerdung gestaltete, dass er die Macht der von seiner menschlichen Natur unzertrennlichen Gottheit unter dem Schleier unserer Schwachheit verbarg, wurde der verschlagene und siegesgewisse Feind getäuscht, nach dessen Meinung der zum Heile des Menschengeschlechtes zur Welt gekommene Knabe durch seine Geburt ihm ebenso unterworfen war wie all die übrigen Kinder. Sah er ihn doch wimmern und weinen, in Windeln gehüllt, der Beschneidung unterworfen und die Opfergabe darbringen, die das Gesetz erheischte. Er nahm an ihm die gewöhnliche Entwicklung des Knabenalters in seinen einzelnen Stufen wahr und zweifelte nicht, dass er wie jeder andere zum Manne heranwachsen würde. Inzwischen fügte er ihm Kränkungen zu, häufte er die Ungerechtigkeiten und griff er zu Schmähungen, Vorwürfen, Verleumdungen und Spott. Und zuletzt überschüttete er ihn mit der ganzen Flut seiner Wutausbrüche, und wandte er alle Arten der Versuchung an. Und da er wusste, womit er des Menschen Natur vergiftet hatte, glaubte er es nie und nimmer, dass *jener* keinen Anteil an der ersten Sünde habe, den er auf Grund so vieler Anzeichen als sterblichen Menschen kennenlernte. Es beharrte also der schurkische Räuber und unersättliche Gläubiger darauf, gegen den vorzugehen, der nichts mit ihm gemein hatte. Und während er das über unser verderbtes Geschlecht einmal gesprochene allgemeine Urteil vollstrecken will, *überschreitet* er den Vertrag, auf den er sich stützte, da er bei *jenem* Bestrafung für Vergehen verlangt, bei dem er keinerlei Schuld entdeckte. Annulliert wird also die tückische Verschreibung des todbringenden Paktes, und infolge der Ungerechtigkeit einer *Überforderung* geht die ganze Schuldsumme verloren. Gebunden wird der Starke mit seinen eigenen Banden, und der ganze Anschlag des boshaften Feindes fällt auf sein eigenes Haupt zurück. Und nachdem der Fürst der Welt in Fesseln geschlagen, werden ihm die »Gefäße der Gefangenschaft« entrissen. Die von der alten Befleckung gereinigte menschliche Natur gewinnt ihre frühere Würde wieder, der Tod wird durch den Tod bezwungen, die Geburt durch die Geburt erneuert; denn gleichzeitig wird durch die Erlösung die Knechtschaft aufgehoben, durch die Wiedergeburt die Geburt geändert und durch den Glauben der Sünder gerechtfertigt.

5.

Wer immer also du sein magst, der du dich frommgläubig des christlichen Namens rühmst, würdige wohl die Gnade dieser Wiederversöhnung in einem gerechten Urteil! Wurde doch dir, dem einst Verworfenen, dem aus des Paradieses Wohnsitzen Vertriebenen, dem infolge der langen Verbannung dem Tode Nahen, dem zu Staub und Asche Gewordenen, der keine Lebenshoffnung mehr hatte, durch die Menschwerdung des Wortes die Möglichkeit gegeben, aus der Ferne zu deinem Schöpfer zurückzukehren, deinen Vater zu erkennen, aus einem Sklaven zu einem Freien zu werden und aus der Stelle eines Fremdlings in die eines Sohnes vorzurücken. So wirst du, der aus vergänglichem Fleische Geborene, aus dem Geiste Gottes *wiedergeboren* und erhältst du durch die Gnade, was du durch deine Natur nicht hattest: So darfst du Gott deinen Vater nennen, wenn du dich selbst als Kind Gottes im Geiste der Adoption anerkennst. Von der Schuld eines bösen Gewissens befreit, richte dein Sehnen auf das Himmelreich! Unterstützt durch die Hilfe von oben, handle nach dem Willen Gottes! Nimm dir, solange du auf Erden weilst, die Engel zum Vorbild! Labe dich an der Kraft unsterblichen Wesens und kämpfe voll Zuversicht gegen die feindlichen Versuchungen zum Schutze eines gottgefälligen Lebens! Und hast du als Streiter im himmlischen Heere deinen Fahneneid gehalten, so brauchst du nicht daran zu zweifeln, dass dir für deinen Sieg im Triumphlager des ewigen Königs die Krone zufallen muss. Wird dich doch die Auferstehung, die den Frommen winkt, zur Teilnahme am Himmelreiche emporführen.

6.

Da ihr also, Geliebteste, so reichen Lohn voll Zuversicht erwartet, so bleibet standhaft in dem Glauben, »in dem ihr fest gegründet seid«, damit euch nicht ebenjener Versucher, dessen Herrschaft Christus bereits von euch abgewandt hat, aufs Neue durch irgendwelche Ränke verführe, damit er nicht gerade die Freude des heutigen Tages durch seine trügerische Verschlagenheit zum Schlimmen wende! Berückt er doch einfältigere Seelen durch die verderbliche Einflüsterung gewisser Leute, denen dieser Tag unserer Festfeier nicht so sehr wegen der Geburt Christi verehrungswürdig erscheinen will, als vielmehr wie sie sagen wegen des »Aufgangs der neu erstandenen Sonne«. Die Herzen dieser sind von dichter Finsternis umhüllt und von aller Aufnahme wahren Lichtes, weit entfernt. Stehen sie doch immer noch unter dem Einflusse der albernsten Irrtümer des Heidentums. Und da sie ihren Scharfsinn nicht über das zu erheben vermögen, was sie mit leiblichem Auge erblicken, erweisen sie göttliche Verehrung den *Gestirnen*, die der Welt als Leuchten dienen. Fern bleibe der Seele des Christen gottloser Aberglaube und wahnwitziger Trug! Unermesslich groß ist der Unterschied zwischen Ewigem und Zeitlichem, zwischen Körperlosem und Körperlichem, zwischen dem Gebieter und dem, was ihm untertan ist. Mag auch dies alles staunenerregende Schönheit besitzen, so fehlt ihm doch göttliches Wesen, dem man allein Anbetung schuldet. *Verehrung* gebührt also *jener* Macht, *jener* Weisheit, *jener* Majestät, die das ganze Weltall aus dem *Nichts* hervorbrachte, die in ihrer Allmacht die Erde und den Himmel schuf und diesen, ganz wie sie es wollte, Form und Ausdehnung gab. Sonne, Mond und Sterne mögen für die Menschen, die sich ihrer bedienen, von Nutzen sein, sie mögen auch jenen, die zu ihnen aufblicken, außerordentlich schön erscheinen, aber jedenfalls mit *der* Einschränkung, dass man ihrem *Urheber* dafür dankt und an *Gott* sich im Gebete wendet, der sie erschaffen hat, nicht an ein *Geschöpf*, das den ihm zugewiesenen Dienst verrichtet. Lobpreiset also, Geliebteste, den Herrn in all seinen Werken und Entscheiden! Es wohne in euch der keinem Zweifel unterworfene Glaube, dass eine Jungfrau gebar und makellos blieb! Weihet fromme und aufrichtige Verehrung dem heiligen und göttlichen Geheimnisse der menschlichen Erlösung! Liebet voll Inbrunst Christus, der in unserem Fleische zur Welt kommt, auf dass ihr würdig werdet, ihn auch als Gott der Glorie in der Majestät seiner Herrschaft zu schauen, ihn, der mit dem Vater und dem Heiligen Geiste als einiger Gott lebt in Ewigkeit! Amen.

Friedrich Schleiermacher veröffentlichte »Die Weihnachtsfeier. Ein Gespräch« 1806, nachdem er gerade Professor für Theologie in Halle geworden war – die Anlage als Gespräch ahmt die platonischen Dialoge nach, die er als Übersetzer bestens kannte. Freunde dürfen darin ihre sehr unterschiedliche Meinung über den religiösen Gehalt vortragen. Am Beginn aber steht die Schilderung einer Weihnachtsfeier im erweiterten Familienkreis, bei dem die Geburt des Kindes und die Idee des Schenkens als Grundlage von ›Frömmigkeit‹ alle theologischen Zwistigkeiten überdecken.

FRIEDRICH SCHLEIERMACHER

Die Weihnachtsfeier. Ein Gespräch

Der freundliche Saal war festlich aufgeschmückt, alle Fenster des Hauses hatten ihre Blumen an ihn abgetreten; aber die Vorhänge waren nicht heruntergelassen, damit der hereinleuchtende Schnee an die Jahreszeit erinnern möchte. Was von Kupferstichen und Gemälden sich auf das heilige Fest bezog, zierte die Wände; und ein Paar schöne Blätter dieser Art waren das Geschenk der Hausfrau an ihren Gatten. Die zahlreich und hochgestellten durchscheinenden Lampen verbreiteten ein feierliches Licht, welches doch zugleich schalkhaft mit der Neugierde spielte. Denn es zeigte die bekannten Dinge zwar deutlich genug, das Fremde aber und Neue konnte nur langsam und bei genauer Betrachtung bestimmt erkannt werden. So hatte es die heitere und verständige Ernestine angeordnet, damit nur allmählich die halb im Scherz, halb ernsthaft aufgeregte Ungeduld sich befriedigte und die bunten kleinen Gaben noch ein Weilchen von einem vergrößernden Schimmer umgeben blieben.

Alle nämlich, die den eng verbundenen Kreis bildeten, Männer und Frauen, Jünglinge und Mädchen, hatten es diesmal ihr übertragen, das, womit sie einander erfreuen wollten, einem jeden zusammenzustellen, und so, was vereinzelt unscheinbar würde, zu einem stattlichen Ganzen zu ordnen. Nun hatte sie es vollbracht. Wie man in einem Wintergarten zwischen den immergrünen Stauden die kleinen Blüten des Galanthus und der Viole noch unter dem Schnee oder unter der schirmenden Decke des Mooses hervorholen muss: So war jedem sein Gebiet durch Efeu, Myrten und Amaranthen eingehegt, und das Zierlichste lag unter weißen Decken oder bunten Tüchern verhüllt, indes die größeren Geschenke rund umher oder unter den Tafeln mussten aufgesucht werden. Die Namenszeichen fanden sich mit essbaren Kleinigkeiten geschrieben auf den Bedeckungen, und jeder mochte dann versuchen zu den einzelnen Gaben den Geber aufzufinden.

Die Gesellschaft wartete in den anstoßenden Zimmern, und die Ungeduld gab dem Scherz, der unterdes getrieben wurde, einen leichten Stachel. Unter dem Vorwande zu erraten oder zu verraten, wurden Gaben ersonnen, deren Beziehung auf kleine Fehler und Gewohnheiten, auf lustige Vorfälle und lächerliche Missverständnisse oder Verlegenheiten nicht zu verkennen waren; und wem ein kleiner Streich dieser Art gespielt war, der säumte nicht, ihn nach allen Seiten hin zu erwidern.

Nur die kleine Sofie ging in sich gekehrt mit den größten ihrer Schrittchen auf und ab und war den mutwillig Durcheinanderlaufenden und -redenden mit ihrer unruhigen

Gleichförmigkeit fast ebenso sehr im Wege als diese ihr. Endlich fragte Anton sie mit verstellter Verdrießlichkeit, ob sie nicht jetzt alle ihre Geschenke gern hingeben würde für einen magischen Spiegel, welcher ihr vergönnte, durch die verschlossenen Türen zu schauen.

»Wenigstens«, sagte sie, »täte ich das eher als du. Denn du bist gewiss mehr eigennützig als neugierig und glaubst wohl ohnedies, dass die Strahlen deiner wunderbaren Klugheit auch durch alle Wände nicht aufgehalten werden.« Und nun setzte sie sich in den dunkelsten Winkel und wiegte das Köpfchen bedachtsam in den aufgestützten Händen.

Nicht lange, so öffnete Ernestine die Tür, an der sie angelehnt stehenblieb. Allein anstatt, dass die muntere Schar begierig, wie man erwarten sollte, zu den besetzten Tafeln geeilt wäre, wendeten sich in der Mitte des Saales, wo man das Ganze überschauen konnte, unwillkürlich alle Blicke auf sie. So schön war die Anordnung und ein so vollkommener Ausdruck ihres Sinnes, dass unbewusst und notwendig Gefühl und Auge zu ihr hingezogen wurden. Halb im Dunkel stand sie da und gedachte sich unbemerkt an den geliebten Gestalten und an der leichten Freude zu ergötzen: Aber sie war es, an der sich alles zuerst ergötzte. Als hätte man das Übrige schon genossen, und als wäre sie die Geberin von allem, so sammelte man sich um sie her. Das Kind umfasste ihre Knie und schaute sie mit den großen Augen an, ohne Lächeln, aber unendlich lieblich; die Freundinnen umarmten sie; Eduard küsste ihr schönes heruntergeschlagenes Auge, und wie es jedem geziemte, wurde ihr von allen die herzlichste Liebe und Andacht bezeugt. Sie musste selbst das Zeichen geben zur Besitznehmung.

»Wenn ich es euch zu Dank bestellt habe, ihr Lieben!«, sagte sie, so vergesst nur nicht über dem Rahmen das Bild, und bedenkt, dass ich nur den festlichen Tag und eure fröhliche Liebe geehrt habe, deren Zeichen ihr mir anvertrautet. Kommt nun, und sehe jedes, was ihm beschert ist; und wer nicht verständig zu raten weiß, lasse sich geduldig auslachen.«

Auch fehlte es hieran nicht. Zwar die Frauen und Mädchen riefen mit großer Zuversicht zu einer jeglichen Gabe den Geber aus, so dass sich keiner verleugnen konnte, aber die Männer begingen viele Missgriffe, und nichts war lustiger und verdrießlicher, als wenn sie über ihre Vermutung schon einen winzigen Einfall ausgestellt hatten, und dieser dann wie ein schlechter Wechsel mit Protest zurückgeschickt wurde.

»Es muss sich wohl ziemen«, sagte Leonhard, »wenngleich es uns mit Recht immer verdrießt, dass die Frauen in diesen lieblichen Kleinigkeiten uns so weit an Scharfsinn übertreffen. Denn wie ihre Gaben weit mehr als die unsrigen durch ihre Bedeutung die feinste Aufmerksamkeit verraten und wir diese schöne Frucht ihres Talentes genießen: so müssen wir uns auch jene andere Wirkung desselben gefallen lassen, wiewohl sie uns etwas in den Schatten stellt.«

»Zu gütig«, entgegnete Friederike, »es ist gar nicht so allein unser Talent; sondern, wenn es zu sagen erlaubt ist, eine gewisse Ungeschicklichkeit in euch Männern kommt uns auch nicht wenig zu Hülfe. Ihr liebt gar sehr die geraden Wege, wie es auch den Machthabern geziemt, und eure Bewegungen, wenn ihr auch gar nichts damit zu sagen gemeint seid, sind doch von einer so verräterischen Verständlichkeit, wie etwa auf dem Schachbrett die Entwürfe desjenigen, der es nicht unterlassen kann, die bedenklichen Steine des Gegners prüfend zu berühren, und mit unreifem Entschluss seine eigenen sechsmal zu heben, ehe er einmal zieht.«

»Ja, ja!«, entgegnete Ernst ehrlich lächelnd und verstellt seufzend, »es bleibt wohl bei dem, was der alte Salomon sagt: Den Mann hat Gott aufrichtig geschaffen, aber die Weiber suchen viel Künste.«

»So habt ihr doch den Trost«, sprach Karoline, »uns nicht verderbt zu haben durch die moderne Artigkeit. Vielleicht mag wohl gar beides ebenso ewig sein als notwendig; und wenn etwa eure ehrliche Einfalt die Bedingung unserer Schlauheit ist, so beruhiget euch damit, dass vielleicht auf einer andern Seite unsere Beschränktheit sich ebenso verhält zu euren größeren Talenten.«

Indes waren die Geschenke näher betrachtet worden, und zumal was eigne weibliche Arbeiten waren in Stickerei und feiner Nähkunst, wurde von ihnen allen mit Kunstverstand geprüft und gelobt. Sofie hatte zuerst nur einen flüchtigen Blick auf ihre eigenen Schätze geworfen, und war gleich bald hier, bald dort bei allen umhergegangen, alles neugierig beschauend und eifrig rühmend, vor allen Dingen aber ansehnliche Bruchstücke von den zerstörten Namenszeichen einbettelnd. Denn an Süßigkeiten aller Art ist sie unersättlich, und liebt große Vorräte davon zu besitzen, zumal wenn sie sie auf diese Weise zusammenbringen kann. Erst nachdem sie ihre Reichtümer mit einem solchen Magazin vermehrt hatte, fing sie an, ihre Geschenke genauer zu betrachten, und ging nun wieder zeigend und triumphierend mit jedem einzelnen Stücke besonders umher, gleich von jedem, wie es sich tun ließ, Gebrauch machend, um dadurch die Vortrefflichkeit der Gaben am sichersten zu beweisen.

»Aber das Beste scheinst du gar nicht zu achten«, erinnerte die Mutter.

»O ja! einzige Mutter«, sagte das Kind, »ich habe nur noch nicht Herz dazu; denn ist es ein Buch, so hilft es mir nicht, ob ich hier hineinsehe: Ich muss mich hernach in das Kämmerchen verschließen, um es dort auch zu genießen. Hat mir aber jemand, denn du bist es sicher nicht gewesen, einen ernsthaften Scherz gemacht mit Mustern und Anleitungen zu allerlei Stricken und Sticken und andern Herrlichkeiten: So verspreche ich dir so gewiss ich kann, sie im neuen Jahre recht fleißig zu gebrauchen: aber nur jetzt will ich es noch nicht wissen.«

»Schlecht geraten!« sprach der Vater. »Dergleichen ist es nicht, denn du willst noch nicht verdienen so etwas zu besitzen; aber es ist auch kein Buch, womit du dich, um es seiner Bestimmung gemäß zu genießen, in die Kammer zurückziehen könntest.«

Nun zog sie es mit der größten Begierde hervor auf die Gefahr einen großen Teil ihrer Vorräte zu verschütten, rief mit einem lauten Schrei aus: »Musik!« und umherblätternd: »O große Musik! Weihnachten für ein ganzes Leben! Ihr sollt singen, Kinder, die herrlichsten Sachen.« Nun las sie die Überschriften von größtenteils religiösen Kompositionen, alle in Bezug auf das liebliche Fest, lauter vorzügliche und zum Teil auch alte seltene Sachen. Sogleich lief sie nun zum Vater hin, um in leidenschaftlicher Dankbarkeit ihn mit Küssen zu überdecken.

[…]

»Nun aber«, sagte Karoline, »wirst du dir auch einen Übergang bahnen müssen zu den Tönen der Wehmut, wenn ihr anders nicht mit der reinen Freude endigen, sondern auch von mir eine Zeichnung haben wollt in den Rahmen um dieses schöne Fest. Denn es ist mir so zumute, euch zu erzählen, wie ich das Fest im vorigen Jahr beging bei meiner teuren Charlotte. Freilich ist eigentlich nichts zu erzählen dabei, es ist nur ein Beitrag zu der Art, wie ihr Charlotten kennt aus anderen Erzählungen und aus ihren Briefen, und ihr müsst euch an alles erinnern, was ihr schon von ihr wisst. Dort ist unter den Erwachsenen die witzige Gewohnheit, sich unerkannt zu beschenken. Durch die größten Umwege und auf die sonderbarste Art lässt jeder dem anderen seine Gabe zukommen, wo möglich sie selbst noch unter etwas weniger Bedeutendes verhüllend, so dass der Empfänger sich bisweilen schon gefreut oder gewundert hat und doch das Rechte noch nicht gefunden hat. Vielerlei muss also hier ersonnen werden, und das glücklich Ausgedachte ist oft nicht ohne vielfältige und lange Vorbereitungen ins Werk zu richten. Charlotte aber hatte schon seit mehreren Wochen das Leiden einer unerklärlichen und nur umso ängstlicheren Krankheit ihres Lieblings, ihres jüngsten Kindes, zu tragen. Der Arzt konnte lange Zeit so wenig Hoffnung geben wie nehmen; aber Schmerz und Unruhe raubten je länger, je mehr dem kleinen Engel die Kräfte, und so war nichts anderes als seine Auflösung zu erwarten. Unter Freunden und Freundinnen wurden alle Zurüstungen, die Mutter durch sinnreiche Einfälle oder mutwilligen Scherz zu überraschen, mit innigem Bedauern unterbrochen; ja, niemand wollte es wagen, auch nur durch eine einfache Gabe ihre Aufmerksamkeit von dem Gegenstand ihrer Liebe und ihres Schmerzes ablenken zu wollen; man verschob alles auf eine günstigere Zeit. Fast unaufhörlich trug sie das Kind auf ihren Armen umher; keine Nacht legte sie sich ordentlich nieder, nur am Tage zu Zeiten, wenn das Kind ruhiger schien, und wenn sie es mir oder einer anderen zuverlässigen Freundin übergeben konnte, vergönnte sie sich eine sparsame Ruhe. Indes versäumte sie nicht die Angelegenheiten des Festes, sosehr wir sie oft baten, sich nicht durch den Kontrast ihrer Sorgen noch mehr zu erschöpfen. Selbst etwas zu arbeiten war ihr freilich unmöglich, aber sie sann und ordnete an; und oft überraschte sie mich aus ihrem tiefsten Schmerz heraus. bald eine Frage, ob dies oder jenes besorgt sei, bald ein neuer Gedanke zu einer kleinen Freude. Lustigkeit oder Mutwillen war freilich eigentlich in keinem, allein das ist auch überhaupt nicht ihre Art. Nirgends aber wurde das Sinnige und Bedeutsame vermisst, die ruhige Anmut, die alle ihre Handlungen bezeichnet. Ich weiß noch, als ich ihr einmal fast missbilligend meine Bewunderung äußerte, dass sie mir sagte: Gutes Kind, es gibt keinen schöneren und auch keinen schicklicheren Rahmen für einen großen Schmerz, als eine Kette von kleinen Freuden, die man anderen bereitet. So ist dann alles in der Fassung, in der es zeitlebens bleiben kann: und warum sollte man nicht gleich in dieser sein wollen? In allem, was die Zeit verwischt, und das tat sie doch allem Heftigen und Einseitigen, ist auch etwas Unreines.

Wenige Tage vor Weihnachten konnte man ihr einen inneren Kampf anmerken. Sie, fast allein, hatte sich immer noch nicht von dem hoffnungslosen Zustand des Kindes überzeugt. Jetzt hatte sein Aussehen und seine Schwäche sie besonders ergriffen. Das Bild des Todes stand auf einmal ganz bestimmt vor ihr. Tief in sich gekehrt, ging sie wohl eine Stunde mit allen Zeichen der innersten Bewegung, das Kind in den Armen, auf und nieder. Dann sah sie es eine Weile mit einem wehmütig erheiterten Gesicht, wie zum letzten Mal an, beugte sich zu einem langen Kuss auf seine Stirn nieder, reichte mir dann gestärkt und mutig die Hand und sagte: Nun habe ich es überstanden, liebe Freundin! Ich habe den kleinen Engel dem Himmel wiedergegeben, von dem er gekommen ist; ich sehe nun ruhig seiner Auflösung entgegen, ruhig und gewiss; ja, ich kann wünschen, ihn bald verscheiden zu sehen, damit die Zeichen des Schmerzes und der Zerstörung mir das Engelsbild nicht trüben, das sich tief und für immer meinem Gemüt eingeprägt hat.

Am Morgen des Festabends versammelte sie die Kinder um sich und fragte sie, ob sie heute ihr Fest feiern wollten, es wäre alles bereitet und hing ganz von ihnen ab; oder ob sie warten wollten, bis Eduard begraben und die erste Stille und der erste Schmerz vorüber wären. Sie äußerten einstimmig, dass sie sich doch an nichts freuen könnten, aber der kleine Bruder lebe ja noch und könne auch wohl nicht sterben. Nachmittags übergab mir Charlotte das Kind und legte sich zur Ruhe. Und indem sie einen langen, erquickenden Schlaf schlief, aus dem ich mir vorgenommen hatte, sie nicht zu wecken, was auch geschehen möge, entstand in dem fast schon sterbenden Körper unter heftigen Krämpfen, die ich für die letzten hielt, eine Krise, die dem herbeigerufenen Arzt zugleich das Übel und die Heilung verriet. Nach einer Stunde befand sich das Kind auffallend besser, und man sah deutlich, dass es auf dem Wege der

Genesung war. Eilig schmückten die Kinder das Zimmer und das Lager des Kleinen festlich aus. Die Mutter trat herein und glaubte, wir wollten ihr nur den Anblick der Leiche verschönern. Das erste Lächeln des Kindes schimmerte ihr entgegen, als sie auf sein Lager blickte; wie eine schon halb erstorbene Knospe, die sich nach einem wohltätigen Regen wieder hebt und sich aufschließen will, so schien es ihr unter den Blumen hervor.

Wenn es keine trügerische Hoffnung ist, sagte sie, uns alle umarmend, nachdem sie den Hergang vernommen hatte, so ist es eine andere Wiedergeburt, als die ich erwartet hatte. Ich hatte gehofft und gebetet, fuhr sie fort, dass das Kind sich in diesen festlichen Tagen aus dem irdischen Leben erheben möchte. Es rührte mich wehmütig und versüßend, einen Engel zum Himmel zu senden, zu der Zeit, wo wir die Sendung des größten an die Erde feiern. Nun kommen mir beide zugleich unmittelbar von Gott geschenkt. Am Feste der Wiedergeburt der Welt wird mir der Liebling meines Herzens zu einem neuen Leben geboren. Ja, er lebt, es ist kein Zweifel daran, sagte sie, indem sie sich zu ihm beugte und doch kaum wagte, ihn zu berühren, und ihrer Hand ihre Lippe aufzudrücken. »Bleibe er auch so ein Engel«, sagte sie nach einer Weile, geläutert durch die Schmerzen, wie durch den Tod hindurchgedrungen und zu einem höheren Leben geheiligt. Er ist mir ein vorzügliches Gnadengeschenk, ein himmlisches Kind, weil ich ihn schon dem Himmel geweiht hatte.«

Karoline musste noch manches genauer erzählen von dieser Geschichte sowohl als von der herrlichen, seltenen Frau, der sie mit einer besonders frommen Verehrung zugetan ist. Leonhardt hörte mit einem ganz eigenen Interesse zu und wurde fast verdrießlich, als Ernst ihn fragte: »Aber findest du nicht auch hier wieder das Vorige? Gleichsam eine umgekehrte Maria, die mit dem tiefsten Muttertöten, mit dem Stabat Mater anfängt und mit der Freude auf das göttliche Kind endet?«

»Oder auch nicht umgekehrt«, sagte Ernestine. »Denn Mariens Schmerz musste doch verschwinden in dem Gefühl der göttlichen Größe und Herrlichkeit ihres Sohnes; so wie auf der anderen Seite, bei ihr, anfing bei ihrem Glauben und ihren Hoffnungen alles, was ihm äußerlich begegnete, nur als Leiden, als Entäußerung erscheinen konnte.«

Hier wurde das weitere Gespräch unterbrochen durch eine lustige Streifpartie von einigen Bekannten, die teils selbst keinem bestimmten Kreise angehörten, teils in unstetem Sinne ihre eigene Freude schneller erschöpft hatten und nun umherzogen, um hier und da zu schauen, wie man sich erfreut und beschenkt habe. Um willkommenere Zuschauer zu sein und auch überall einen freundlichen Cicerone zu finden, kündigten sie sich als Weihnachtsknechte an und teilten die auserlesensten Kleinigkeiten für den Gaumen unter Kindern und Mädchen aus. Sofie wurde schon mit dem gewöhnlichen Zeremoniell, erst nach der Artigkeit der Kinder zu fragen, verschont und gab sich dafür den Ankömmlingen sehr flink und gefällig her. Sie erneuerte schnell die Erleuchtung und war eine ebenso beredte Kastellanin wie neugierige Fragerin nach allem, was jene schon anderwärts gesehen hätten. Indes wurde eine flüchtige Mahlzeit herumgereicht, die Hinzugekommenen eilten weiter und wollten sich durch einige von der Gesellschaft verstärken. Dies aber ließ Eduard nicht zu; sie müssten, sagte er, noch lange beieinanderbleiben, und überdies werde Josef noch ganz sicher erwartet, der auch das Versprechen erhalten hatte, er solle sie noch alle finden.

Als nun jene sich wieder entfernt hatten, sagte Ernst: »Gut, wenn es denn beschlossen ist, dass wir noch die Nacht hier erwarten wollen im Gespräch und bei den Gläsern, so meine ich, wir sind den Frauen eine Erwiderung schuldig, damit sie auch umso williger bei uns bleiben. Zwar das Erzählen ist nicht die Gabe der Männer, und ich wüsste am wenigsten, wie ich mir selbst so etwas anmuten sollte. Aber was meint ihr, Freunde, wenn wir nach englischer Weise, um nicht zu sagen nach griechischer, und die uns doch auch nicht ganz fremd ist, einen Gegenstand wählten, über welchen jedem obläge, etwas zu sagen? Und zwar einen solchen und so, dass wir dabei die Gegenwart der Frauen in keinem Sinne vergessen, sondern es für das Schönste achten, von ihnen erstattet und gelobt zu werden.«

Dem stimmten alle bei, und die Frauen freuten sich, weil sie dergleichen lange nicht gehört hatten.

»Wohl«, sprach Leonhardt, »wenn ihr mit solcher Teilnahme in den Vorschlag eingeht, so solltet ihr auch aufgeben, worüber wir zu reden haben, damit nicht unsere Ungeschicktheit etwas allzu Fernes oder Gleichgültiges ergreife.«

»Wenn die anderen derselben Meinung sind«, sagte Friederike, »so wünsche ich nur, es dir nicht allzu sehr zum Verdruss zu tun, wenn ich das Fest selbst in Vorschlag bringe, welches uns hier versammelt hält. Hat es doch so viele Seiten, dass jeder es verherrlichen kann, wie er am liebsten will.«

Niemand setzte sich dagegen, und Ernestine bemerkte: »Jedes andere würde doch fremd sein und gleichsam den Abend zerstören.«

»Wohl denn«, sagte Leonhardt, »nach unserer Gewohnheit werde ich, als der Jüngste, mich nicht weigern dürfen, auch der Erste zu sein. Und ich bin es umso lieber, teils weil die unvollkommene Rede so am leichtesten von einer besseren verweht wird; teils weil ich so am sichersten die Freude genieße, einem anderen den ersten Gedanken vorwegzunehmen. Zumal«, setzte er lächelnd hinzu, »eure Anordnung die Anzahl der Mitredenden auf eine unsichtbare Weise verdoppelt. Denn ihr werdet morgen die Kirchen schwerlich versäumen, und es würde doch mehr uns zum Verdruss gereichen, als jenen Männern zur Freude, euch aber vielleicht am meisten zur Langeweile, wenn ihr dort wieder das nämliche zu hören hättet. Darum will ich mich auch von dieser Bahn so weit wie möglich entfernen und meine Rede so anheben:«

»Verherrlichen und preisen kann man jedes auf eine zwiefache Weise: einmal, indem man es lobt, ich meine seine Art und innere Natur als gut anerkennt und darstellt, dann aber wiederum, indem man es rühmt, das heißt seine Trefflichkeit und Vollkommenheit in seiner Art heraushebt. Das Erste nun möge dahingestellt oder anderen überlassen bleiben, das Fest als solches überhaupt zu loben, inwiefern es gut ist, dass durch gewisse zu bestimmten Zeiten wiederkehrende Handlungen und Gebräuche das Andenken großer Begebenheiten gesichert und erhalten wird. Sollen aber Feste sein, und ist der erste Ursprung des Christentums für etwas Großes und Wichtiges zu achten, so kann niemand leugnen, dass dieses Fest der Weihnachten ein bewundernswürdiges Fest ist; so vollkommen erreicht es seinen Zweck, und unter so schwierigen Bedingungen. Denn wenn man sagen wollte, das Andenken an die Geburt des Erlösers werde weit mehr durch die Schrift erhalten und durch den Unterricht im Christentum überhaupt als durch das Fest, so möchte ich dieses leugnen. Nämlich wir Gebildeten zwar, so meine ich, hätten vielleicht an jenem genug, keineswegs aber der große Haufen des ungebildeten Volkes. Vielmehr, nicht zu gedenken der römischen Kirche, wo ihnen die Schrift wenig oder gar nicht in die Hand gegeben wird, sondern nur auf die Unsrigen Rücksicht genommen, so ist ja offenbar, wie wenig auch diese geneigt sind, die Bibel zu lesen, oder auch fähig, sie im Zusammenhang zu verstehen. Und was davon ihrem Gedächtnis eingeprägt wird beim Unterricht, das sind weit mehr die Beweise einzelner Sätze, als die Geschichte; so wie wiederum aus der Geschichte auf diesem Wege weit mehr der Tod des Erlösers ins Andenken gebracht wird, und aus seinem Leben das, was im Einzelnen nachahmenswert und lehrhaft ist, als sein erster Eintritt in die Welt.

Ja, auch in Beziehung auf das Leben des Erlösers möchte ich behaupten, dass die Leichtigkeit, mit der wir an die von ihm verrichteten Wunder glauben, ihren Grund ganz vorzüglich in unserem Feste und den Eindrücken, die es hervorbringt, hat. Denn dass der Glaube an das Wunderbare viel mehr auf solche Weise entsteht als durch Zeugnis oder Lehre, ist offenbar. Oder woher kommt es, dass der gemeine katholische Christ so viel an das abgeschmackte grenzende Wunderbare glaubt von seinen Heiligen, aber sich doch nicht entschließen würde, Ähnliches zu glauben, wie man es ihm auch darstellen möchte, von Personen aus einem fremden religiösen oder geschichtlichen Kreis, zumal doch auch die Wunder jener Heiligen mit den Wahrheiten und Anweisungen des christlichen Glaubens gar nicht zusammenhängen? Er glaubt das alles eben den Festen, die den Heiligen zu Ehren begangen werden; denn indem durch diese, was in der bloßen Erzählung gar keine überredende Kraft ausüben würde, in Verbindung tritt mit einer sinnlich kräftigen Gegenwart, bekommt es eine Haltung und befestigt sich immer wieder aufs Neue im Gemüt. Wie denn sich im Altertum gar vielerlei Wunderbares aus grauer Vorzeit sich vorzüglich auf diese Weise erhalten hat und geglaubt worden ist durch Feste, auch solches, wovon Geschichtsschreiber und Dichter wenig oder nichts sagen. Ja, so viel kräftiger ist die Handlung zu diesem Zweck als das Wort, dass nicht selten um festlicher Handlungen und Gebräuche willen, wenn ihre wahre Bedeutung verlorengegangen war, falsche Geschichten nicht nur erdichtet, sondern auch geglaubt worden sind. Ebenso auch umgekehrt, wie wir ja solche Beispiele in der christlichen Kirche selbst haben, wenn man Fabeln ersonnen hat, um das Wunderbare noch mehr zu häufen: So sind diese erst recht geglaubt worden, wenn man ihnen Feste, wie Mariä Himmelfahrt ein solches ist, geweiht hat. Wenn sich also das Volk so viel mehr an Handlungen und Gebräuche hält als an Erzählung und Lehre: So haben wir alle Ursache zu glauben, dass zumal unter uns – denn in der katholischen Kirche kommt allem, was sich auf Maria bezieht, weil sie ja immer Jungfrau begrüßt wird, zu Hilfe – der Glaube an das Wunderbare bei der Erscheinung des Erlösers ganz vorzüglich an unserem Fest und seinen lieblichen Gebräuchen haftet. Dieses also und alles, was daran hängt, ist das Verdienst, um dessenwillen ich zuerst unser Fest rühme und preise.

Was ich aber ferner sagte, diese Erinnerung sei besonders schwierig zu erhalten gewesen, und deshalb das Verdienst noch umso größer, das meine ich so: Je mehr man überhaupt von einem Gegenstand weiß, umso bestimmter und bedeutsamer lässt er sich auch darstellen, und je notwendiger er mit dem Gegenwärtigen zusammenhängt, desto leichter wird jede Veranstaltung, welche an ihn erinnern soll. Dieses aber fehlt, wie mir scheint, gar sehr bei allem, was zur ersten Erscheinung Christi gehört. Denn das Christentum will ich allerdings als eine starke und kräftige Gegenwart gelten lassen; aber die irdische persönliche Tätigkeit Christi scheint mir weit weniger damit zusammenzuhängen, als von den meisten mehr angenommen als geglaubt wird. Was nämlich die auf ihm beruhende Versöhnung unseres Geschlechtes betrifft, diese knüpfen wir ja alle erst an seinen Tod; und wenn es gleich hieße, wie ich denke, mehr auf einen ewigen Ratschluss Gottes ankommt als auf eine bestimmte einzelne Tatsache, und wir deshalb diese Ideen lieber nicht an einen bestimmten Moment knüpfen, sondern sie über die zeitliche Geschichte des Erlösers hinausheben und symbolisch halten sollten, so ist doch natürlich, dass diese Idee des Andenkens sowohl des Todes Christi, welcher das Zeichen der vollbrachten Versöhnung war, als auch seiner Auferstehung als Bewahrung desselben auf ewig unter den Gläubigen befestigt werden musste. Die Letztere war auch deshalb der Hauptgegenstand der ersten Verkündigung, und der Grund, auf den die Kirche gebaut wurde, so dass es vielleicht nicht nötig gewesen wäre, ihr Andenken auch durch die sonntägliche Feier ständig zu wiederholen.

Betrachten wir aber, abgesehen von der Idee der Versöhnung, die menschliche Tätigkeit Christi, deren Gehalt doch nur zu suchen ist in der Verkündigung seiner Lehre und in der Stiftung der christlichen Gemeinschaft: so ist es wunderbar, wie klein der Anteil ist, den man ihm mit Recht zuschreiben kann an der gegenwärtigen Gestalt des Christentums. Bedenkt nur, wie wenig von der Lehre sowohl als den Einrichtungen man auf ihn selbst zurückführen kann, sondern bei weitem das meiste ist anderen und späteren Ursprungs. So sehr, dass, wenn man sich als Glieder einer Reihe denkt: Johannes den Vorläufer, Christus, die Apostel mit Einschluss des Spätlings, dann die ersten Väter, man gestehen muss, das zweite stehe nicht in der Mitte zwischen dem ersten und dritten, sondern Christus jenem Johannes weit näher, als dem Paulus. Ja, es bleibt zweideutig, ob überall nach Christi Willen eine so in sich abgeschlossene und zusammenhaltende Kirche sich bilden sollte, ohne welche unser jetziges Christentum, und mithin auch unser Fest, der Gegenstand meiner Rede, sich gar nicht denken lässt. Darum nun wurde auch das Leben Christi sehr zurückgestellt in der Verkündigung, und wie ja die meisten jetzt glauben, nur teilweise von untergeordneten Personen.

Ja, wenn man das eifrige Bestreben dieser Erzählungen bemerkt, Christus an das alte Königshaus des jüdischen Volkes anzuknüpfen, was doch, ob es sich so verhält oder nicht, ganz unbedeutend ist für den Stifter einer Weltreligion, so muss man gestehen, es wurde auch nur auf untergeordnete Weise erzählt. Christi übernatürliche Geburt aber scheint noch weniger durch Erzählungen allgemein verbreitet worden zu sein, sonst könnte es nicht zeitig so viele Christen gegeben haben, die ihn für einen natürlich erzeugten Menschen hielten: so dass die Wahrheit nur scheint durch unser Fest aus dem Schutt hervorgegangen und wieder herrschend geworden zu sein. Denn die Erzählung für sich würde im Streit der verschiedenen Meinungen nicht ausgereicht haben, indem die Erzähler, wenn sie auf diese Verschiedenheit keine Rücksicht nahmen, auch nichts ausrichten konnten, wenn aber, dann gewissermaßen selbst wieder aus Zeugen und Berichterstattern in Parteien verwandelt wurden. Denn diese Verschiedenheit ist so groß, dass, wie man es nennen will, jede Nachricht oder jede Behauptung die andere aufhebt. Oder kann jemand die Auferstehung behaupten, ohne dass er jedem freistellen muss, den Tod für ungeschehen zu erklären? Was ja nichts anders heißen kann, als dass die spätere Tat, wenn man die Meinung für falsch erklärt, welche man von der früheren gefasst hatte. Ebenso macht wiederum die Himmelfahrt Christi gewissermaßen die Wahrheit seines Lebens verdächtig. Denn das Leben gehört dem Planeten an, und was sich von demselben trennen lässt, kann gar nicht in einem lebendigen Zusammenhang mit ihm gestanden haben. Ebenso wenig bleibt übrig, wenn man die Meinung derer, die Christus einen wahren Leib, oder derer, die ihm eine wahre menschliche Seele absprechen, mit der Meinung derjenigen zusammenstellt, welche ihm gegenteils die wahre Gottheit oder überhaupt das Übermenschliche nicht beilegen wollen. Ja, wenn man bedenkt, dass darüber gestritten wird, ob er jetzt nur auf eine geistige und göttliche, oder außerdem auch auf eine leibliche und sinnliche Weise gegenwärtig sei auf Erden: So kann man leicht beide Parteien darauf führen, ihr gemeinschaftlicher verborgener Sinn sei der, dass Christus ehedem nicht auf eine andere und eigentlichere Art zugegen gewesen sei und gelebt habe auf Erden und unter den Seinigen, als auch jetzt noch.

Kurz, das erfahrungsmäßige und geschichtliche von dem persönlichen Dasein Christi ist durch die Verschiedenheit der Meinungen und Lehren so schwankend geworden, dass, wenn unser Fest vorzüglich als der Grund des gleichmäßig erhaltenen Glaubens anzusehen ist, es dadurch umso mehr verherrlicht wird und eine Kraft beweist, die nahe an das oben Erwähnte grenzt, dass nämlich durch solche Gebräuche bisweilen die Geschichte selbst erst gemacht worden ist. Was aber dabei am meisten zu bewundern ist und uns zum Vorbild zugleich und zur Beschämung für vieles andere dienen kann, ist dieses, dass offenbar das Fest selbst seine Geltung größtenteils dem Umstande verdankt, dass es in die Herzen eingeführt worden ist und unter die Kinder. Dort nämlich sollten wir mehreres befestigen, was uns wert und heilig ist, und als Vorwurf und übles Zeichen ansehen, dass wir es nicht tun. Dieses also wenigstens wollen wir festhalten, wie es uns überliefert worden ist, und je weniger wir wissen, worin die wunderbare Kraft liegt, umso weniger auch nur das mindeste daran ändern. Wir wenigstens, ist auch das meiste davon bedeutungsvoll. Denn wie ein Kind der Hauptgegenstand desselben ist, so sind es auch hier die Kinder vornehmlich, welche das Fest, und durch das Fest wiederum das Christentum selbst heben und tragen. Und wie die Macht die historische Wiege des Christentums ist, so wird auch das Geburtsfest desselben in der Nacht begangen; und die Kerzen, mit denen es prangt, sind gleichsam der Stern über der Herberge und der Heiligenschein, ohne welchen man das Kind nicht finden würde in der Dunkelheit des Stalls und in der sonst unbesternten Nacht der Geschichte. Und wie es dunkel ist und zweifelhaft, was wir bekommen haben an Christi Person und von wem; So ist auch jene Sitte, die ich aus der letzten Erzählung kennengelernt habe, die schönste und am meisten symbolische Art der Weihnachtsgeschenke. Dies ist meine ehrliche Meinung, auf welche ich euch jetzt auffordere, die Gläser ertönen zu lassen und sie auf ein ewiges Fortbestehen unseres Festes zu leeren; wofür ich eures Beifalls so gewiss bin, dass ich hoffe, dadurch alles gutzumachen und abzuwaschen, was euch etwa frevelhaft erschienen ist in meiner Rede.«

»Nun begreife ich«, sagte Friederike, »warum er sich so wenig zur Wehr gesetzt hat gegen unsere Aufgabe, der ungläubige Schalk, da er im Sinne hatte, so ganz gegen ihren eigentlichen Sinn zu reden. Ich möchte darauf dringen, dass er in namhafte Strafe genommen würde, zumal gerade ich die Aufgabe ausgesprochen habe, und man wohl sagen kann, er habe mich lächerlich gemacht durch seine Art der Ausführung.«

»Du hast wohl recht«, sagte Eduard, »aber es möchte schwer sein, ihm beizukommen: Denn er hat sich recht sachwalterisch vorgestellt durch seine Erklärung und durch die Art, wie er das Herabsetzende zusammengefügt mit der Absicht des Erhebens, die er doch an die Spitze stellen musste.«

»Sich sachwalterisch vorstellen«, sagte Leonhardt, »ist wohl nichts Übles, und warum soll ich nicht jede Gelegenheit wahrnehmen, mich in den erlaubten und anständigen Teilen meiner Kunst zu üben? Überdies durfte ich den Frauen nicht widersprechen, und sie konnten sich nichts Besseres oder anderes versehen zu der Denkungsart, die ich offen genug bekenne. Allein sachwalterisch verfahren habe ich übrigens gar nicht, da ich ja nicht einmal die kleinste Gunstbewerbung an die Richterinnen angebracht habe in der Rede.«

»Auch das Zeugnis muss man dir geben«, sagte Ernst, »dass du uns vieles erlassen hast, was noch anzuführen gewesen wäre, sei es nun, dass es dir nicht bei der Hand war oder dass du es unterlassen hast, um die Zeit zu schonen und nicht zu gelehrt und unverständlich vor den Frauen zu reden.«

»Ich meines Teils«, sagte Ernestine, »wollte ihn auch schon loben, wie redlich er darin Wort gehalten hat, was er versprach, sich möglichst von dem zu entfernen, was wir vielleicht morgen an den öffentlichen Andachtsorten hören könnten.«

»Wohlan denn«, sagte Karoline, »wenn es nicht möglich ist, ihn geradezu vor Gericht zu ziehen, so wird es darauf ankommen, ihn zu widerlegen. Und wo ich nicht irre, steht es an dir, Ernst, zu reden und die Ehre unserer Aufgabe zu retten.«

»Ich gedenke«, sagte Ernst, »das Letzte zu tun, ohne das Erste; und vermöchte auch meines Teils nicht, beides miteinander zu verbinden. Sondern die Widerlegung würde mich abziehen zu anderen Gegenständen, und ich könnte dann selbst straffällig werden. Auch ist dem an freiem zusammenhängendem Sprechen von Ungewohntem nichts schwerer, als dabei der Gedankenreihe eines anderen zu folgen.«

»Was ich sagen will«, fuhr er nun seine Rede fort, »darauf wusste ich nicht zu unterscheiden, ehe du sprachst, Leonhardt, ob es ein Loben sei oder ein Rühmen. Jetzt aber weiß ich, dass es nach deiner Weise ein Rühmen ist. Denn auch ich will das Fest preisen als ein vortreffliches in seiner Art.

Das Loben aber, dass die Art und der Begriff selbst auch etwas Gutes sei, will ich nicht, wie du es tatest, dahingestellt sein lassen, sondern viel mehr voraussehen. Nur dass deine Erklärung eines Festes mir nicht genügt, wie sie denn überhaupt nur für dein Bedürfnis ausgerichtet und einseitig war; meines aber ist ein anderes, und ich bedarf der anderen Seite. Du nämlich sahst nur darauf, dass jedes Fest ein Gedächtnis von irgendetwas ist; mir aber liegt daran, von was? Demnach sage ich, dass nur zu dessen Gedächtnis ein Fest gestiftet wird, durch dessen Vorstellung eine gewisse Gemütsstimmung und Gesinnung in den Menschen erregt werden kann; und dass dieses in dem ganzen Gebiet einer solchen Anordnung und in einem lebhaften Grade erfolge, darin besteht die Vorzüglichkeit eines jeden Festes.

Die Stimmung aber, welche unser Fest hervorbringen soll, ist die Freude; und dass es diese weit verbreitet und lebhaft erregt, liegt so klar vor Augen, dass nichts darüber zu sagen wäre, als was jeder selbst sieht. Nur dies eine ist die Schwierigkeit, die ich zu beseitigen habe, dass man sagen könnte, es sei keineswegs das eigentliche und wesentliche des Festes, was diese Wirkung tut, sondern nur das Zufällige, nämlich die Geschenke, welche gegeben und genommen werden. Wie unrichtig nun dieses ist, muss hier doch gezeigt werden. Denn gebt den Kindern dasselbe zu einer anderen Zeit, so werdet ihr nicht den Schatten einer Weihnachtsfreude damit hervorlocken, bis ihr etwa auf den entgegengesetzten Punkt kommt, nämlich den, wo ihr ein besonderes persönliches Fest gefeiert wird.

Mit Recht glaube ich, nenne ich dies einen entgegengesetzten Punkt, und gewiss wird niemand leugnen, dass die Geburtstagsfreude einen ganz anderen Charakter hat als die

Weihnachtsfreude, jene ganz die Innigkeit, die das Beschlossensein in einem bestimmten Verhältnis erzeugt, diese ganz das Feuer und die rasche Beweglichkeit eines weitverbreiteten allgemeinen Gefühls. Hieraus geht nun hervor, dass keineswegs die Geschenke an sich selbst das Erfreuende sind, sondern nur weil schon ein Grund da ist, sich zu freuen, wird auch geschenkt, und so verbreitet sich das Eigentümliche der Weihnachtsfreude, welches eben in dieser großen Allgemeinheit besteht, freilich auch auf die Geschenke, sodass in einem großen Teil der Christenheit, so weit die schöne alte Sitte noch reicht, jeder mit dem Zubereiten eines Geschenkes beschäftigt ist; und in diesem Bewusstsein liegt ein großer Teil des Zaubers, der sich aller bemächtigt.

Denkt euch, dass eine einzelne Familie diesen Gebrauch festhielte, während alle anderen an demselben Orte ihn schon hätten fahren lassen; so würde der Eindruck bei weitem nicht mehr derselbe sein. Aber das gemeinsame Bereden vieler, das Arbeiten im Wettstreit auf die bestimmte festliche Stunde, und draußen der allen offene und für eine große Menge berechnete Christmarkt, der sich in jedem Geschenk abspiegelt mit seiner Erleuchtung, die wie schimmernde Sternchen auf der Erde umherglänzt in der Winternacht, dass der Himmel davon widerscheint, das gibt den Gaben ihren eigentümlichen Wert. Und was so allgemein ist, kann schon um deswillen nicht willkürlich ersonnen oder verabredet worden sein, sondern es muss einen gemeinschaftlichen inneren Grund haben, sonst könnte es weder so gleichmäßige Wirkung tun, noch auch überhaupt fortbestehen, wie wir ja an vielen neueren Versuchen zur Genüge gesehen haben. Dieser innere Grund aber kann kein anderer sein, als dass die Erscheinung des Erlösers die

Quelle aller anderen Freude in der christlichen Welt ist, weshalb nichts anderes verdienen kann, ebenso gefeiert zu werden. Denn einige freilich, an welche ich nicht erinnern kann, ohne sie zugleich deshalb anzuklagen, haben die allgemeine Freude von diesem Fest wegverlegt auf Neujahr, auf den Tag, an welchem vorzugsweise der Wechsel und Gegensatz in der Zeit vorgestellt wird. Denn wenn auch viele hierin nur unverständigerweise gefolgt sind, und es ungerecht wäre, zu behaupten, dass überall, wo man sich zu Neujahr beschenkt statt Weihnachten, wenig Anteil genommen werde an dem eigentlich Christlichen in unserem Leben, so hängt doch diese abweichende Sitte offenbar genug mit einer solchen Zurücksetzung zusammen, und es geziemt vorzüglich denen, welche der inneren Haltung ermangeln und nur in diesem Wechsel leben, sich auch den Tag zum besonderen Freudentag zu machen, welcher der Erneuerung des Vergänglichen geweiht ist.

Für uns andere aber, die wir dem Wechsel der Zeit zwar auch unterworfen sind, aber nicht in dem Vergänglichen zu leben begehren, bleibt die Geburt des Erlösers das einzige allgemeine Freudenfest, weil es nämlich für uns kein anderes Prinzip der Freude gibt als die Erlösung, in der Entwicklung von dieser wiederum die Geburt des göttlichen Kindes der erste helle Punkt ist, nach welchem wir keines anderen warten und unsere Freude noch länger verschieben können. Daher hat auch kein besonderes Fest mit diesem allgemeinen eine solche Ähnlichkeit, als das der Kindertaufe, durch welche den Kleinen das Prinzip der Freude in dem göttlichen Kinde angeeignet wird. Und daher der besondere Reiz jener anmutigen Erzählung, in welcher uns beides vereinigt erschien.

Ja, Leonhardt, wir mögen uns anstellen, wie wir immer wollen, hier ist kein Entrinnen. Das Leben und die Freude der ursprünglichen Natur, wo jene Gegensätze gar nicht vorkommen zwischen der Erscheinung und dem Wesen, der Zeit und der Ewigkeit, ist nicht die unsrige. Und dachten wir uns dieses in einem, so dachten wir uns eben diesen als Erlöser, und er musste uns anfangen als ein göttliches Kind. Wir selbst hingegen beginnen mit dem Zwiespalt, und gelangen erst zur Übereinstimmung durch die Erlösung, die eben nichts anderes ist als die Aufhebung jener Gegensätze, und ebendeshalb nur von dem ausgehen kann, für den sie nicht erst aufgehoben werden mussten. Gewiss, das wird niemand leugnen, dies ist die eigentliche Natur dieses Festes, dass wir uns des innersten Grundes und der unerschöpflichen Kraft eines neuen ungetrübten Lebens bewusst werden, dass wir in dem ersten Keime desselben zugleich seine schönste Blüte, ja seine höchste Vollendung anschauen. Wie unbewusst es auch in vielen sei, in nichts anderes lässt sich das wunderbare Gefühl auflösen, als in diese zusammengedrängte Anschauung einer neuen Welt. Diese ergreift einen jeden, und der Urheber derselben wird in tausend Bildern auf die verschiedenste Weise dargestellt, als die aufgehende, wiederkehrende Sonne, als der Frühling des Geistes, als der König eines besseren Reiches, als der treueste Götterbote, als der lieblichste Friedensfürst.

Und so komme ich doch dazu, Leonhardt, dich zu widerlegen, eben indem ich dir beistimme, und die verschiedenen Ansichten, von welchen wir ausgegangen sind, vergleichend zusammenstelle. Mögen die historischen Spuren seines Lebens, wenn man die Sache in einem niedrigeren

Sinne kritisch betrachtet, noch so unzureichend sein, das Fest hängt nicht daran, sondern wie an der Notwendigkeit eines Erlösers, so an der Erfahrung eines gesteigerten Daseins, welches auf keinen anderen Anfang als diesen zurückzuführen ist. Noch weniger Spuren findest du oft von dem Faden, an welchen man eine Kristallisation hat anschließen lassen, aber auch die kleinste reicht hin, um dir zu beweisen, dass er da war. So ist es auch wirklich Christus gewesen, dessen Anziehungskräften diese neue Welt ihre Gestaltung verdankt, und wer, wie du doch auch geneigt bist, das Christentum für eine kräftige Gegenwart anerkennt, für die große Form des neuen Lebens, der heiligt dieses Fest, nicht wie man das Unverstandene nicht zu verletzen wagt, sondern indem er es vollkommen versteht, auch alles Einzelne darin, die Geschenke und die Kinder, die Nacht und das Licht.

Und mit dieser kleinen Verbesserung, von der ich wünsche, dass sie auch dir gefallen möge, wiederhole ich deine Aufforderung und wünsche oder vielmehr weissage dem schönen Feste auf ewig die frohe Kindlichkeit, mit der es uns jedes Mal wiederkehrt, und allen, die es feiern, die rechte Freude an dem wiedergefundenen höheren Leben, aus welcher allein alle seine Lieblichkeiten aufblühen.«

»Ich muss dir abbitten, Ernst«, sagte Agnes. »Ich hatte nämlich gefürchtet, ich würde dich gar nicht verstehen; dem ist aber nicht so gewesen, und du hast es recht schön bestätigt, dass wirklich das Religiöse das Wesen des Festes ist. Nur scheint es freilich nach dem, was vorhin ausgemacht wurde, als ob uns Frauen weniger Freude zuteilwerden müsste, weil jenes Unwesen sich weniger in uns offenbart. Allein auch das kann ich mir wohl zurechtlegen.«

»Recht leicht«, sagte Leonhardt. »Man könnte eben nur kurzweg sagen, dass es so anschaulich wie möglich ist, dass die Frauen sich alles leicht einverleiben und nach wenigem Genuss streben, dass aber, wie ihr innerstes Leiden der Schmerz ist, so auch ihre Freude Mitfreude ist. Nur mögt ihr sehen, wie ihr mit der heiligen Autorität zurechtkommt, die ihr niemals verlassen wollt, und die so offenbar den Frauen als die ersten Urheber alles Zwiespaltes und aller Erlösungsbedürftigkeit zuteilt. Wer, wenn ich Friederike wäre, ich wollte Ernst doch den Krieg machen, dass er der Taufe so leichtsinnig, ohne Erwägung seiner eigenen Umstände, den Vorrang eingeräumt hat vor der Trauung, die doch auch ein schönes und freudiges Sakrament sein soll, hoffe ich.«

»Antworte ihm nicht, Ernst«, sagte Friederike, »er hat sich schon selbst geantwortet.«

»Wie das?«, fragte Leonhardt.

»Nun offenbar«, entgegnete Ernestine, »indem du von den eigenen Umständen sprachst. Aber deinesgleichen merkt es immer nicht, wenn ihr das liebe Ich einmischt. Ernst unterschied das aber wohl, und wird dir gewiss sagen, dass jenes sich mehr der Geburtstagsfreude nähert als der Weihnachtsfreude.«

»Oder«, fügte Ernst hinzu, »wenn du etwas Christliches dazu haben willst, dass es mehr Karfreitag und Ostern ist als Weihnachten. Nun aber lasst uns das vorige beiseitestellen und hören, was uns Eduard sagen wird.«

Dieser fing darauf so an zu reden: »Es ist schon von einem Besseren als ich bei einer ähnlichen Gelegenheit angemerkt worden, dass die Letzten am übelsten daran sind, wo über einen Gegenstand, welcher es auch sei, auf diese Weise geredet wird. Und nicht etwa nur, als ob ihnen die Früchte Herren wegnähmen, was zu sagen war – wiewohl ihr beiden auch in dieser Hinsicht euch wenig um mich bekümmert habt, dass ihr etwa Einzelnes herausgenommen hättet, um mir anderes Einzelnes übrig zu lassen – sondern vornehmlich, weil den Hörenden von jeder Rede wieder eigene Nachklänge zurückbleiben, die also einen immer zunehmenden Widerstand bilden, den der Letzte am schwersten zu überwinden hat. Daher muss ich mich nach einer Hilfe umsehen und was ich sagen will, an etwas Bekanntes und Liebes anlehnen, damit es leichteren Eingang finde. Wie nun Leonhardt gar oft die mehr äußerlichen Lebensbeschreibungen Christi im Sinne gehabt hat, um bei ihnen das Geschichtliche aufzusuchen, so will ich mich an den mystischen unter den vieren halten, bei dem gar wenig von einzelnen Begebenheiten vorkommt, ja auch kein Weihnachten äußerlich, in dessen Gemüt aber eine ewige kindliche Weihnachtsfreude herrscht. Dieser gibt uns die geistige und höhere Ansicht unseres Festes. Er hebt aber so an, wie ihr wisst: ›Im Anfang war das Wort, und das Wort war bei Gott, und Gott war das Wort. In ihm war das Leben, und das Leben war das Licht der Menschen. Und das Wort ward Fleisch und wohnte unter uns, und wir sahen seine Herrlichkeit, als des eingeborenen Sohnes vom Vater.‹ So sehe ich am liebsten den Gegenstand dieses Festes, nicht ein Kind so und so gestaltet und aussehend, von dieser oder jener geboren, da oder dort; sondern das Fleisch gewordene Wort, das Gott war und bei Gott. Das Fleisch aber ist, wie wir wissen, nichts anderes als die endliche, beschränkte, sinnliche Natur; das Wort dagegen ist der Gedanke, das Erkennen, und das Fleischwerden desselben ist also das Hervortreten dieses Ursprünglichen und Göttlichen in jener Gestalt. Was wir sonach feiern, ist nichts anderes als wir selbst, wie wir zusammen sind, das heißt die menschliche Natur, oder wie ihr es sonst nennen wollt, angesehen und erkannt aus dem göttlichen Prinzip. Warum wir aber einen ausstellen müssen, in welchem sich die menschliche Natur allein so darstellen lässt, und warum gerade diesen einen, und auch bei ihm schon in die Geburt diese Einerleiheit des Göttlichen und Irdischen setzen, nicht als eine spätere Frucht des Lebens, das wird hieraus erhellen. Was ist der Mensch an sich anderes als der Erdgeist selbst, das Erkennen der Erde in seinem ewigen Sein und in seinem immer wechselnden Werden? So ist auch kein Verderben in ihm und kein Abfall, und kein Bedürfnis einer Erlösung. Der Einzelne aber, wie er sich anschließt an die anderen Bildungen der Erde und sein Erkennen in ihnen sucht, da doch ihr Erkennen allein in ihm wohnt, dieser ist das Werden allein, und ist im Abfall und Verderben, welches ist die Zwietracht und die Verwirrung, und er findet seine Erlösung nur in dem Menschen an sich. Darin nämlich, dass ebenjene Einerleiheit ewigen Seins und Werdens des Geistes, wie er sich auf diesem Weltkörper offenbaren kann, in jedem selbst aufgeht, so dass jeder alles Werden und auch sich selbst nur in dem ewigen Sein betrachtet und liebt, und insofern er als ein Werden erscheint, auch nichts anderes sein will, als ein Gedanke des ewigen Seins, noch in einem anderen ewigen Sein will gegründet sein, als in dem, welches einerlei ist mit dem immer wechselnden und wiederkehrenden Werden. Darum findet sich zwar in der Menschheit jene Einerleiheit des Seins und Werdens ewig, weil sie ewig als der Mensch an sich ist und wird; im Einzelnen aber muss sie, wie sie in ihm ist, auch werden als sein Gedanke, und als der Gedanke eines gemeinschaftlichen Tuns und Lebens, in welchem ebenjenes unserem Weltkörper eignende Erkennen nicht nur ist, sondern auch wird. Nur wenn der Einzelne die Menschheit als eine lebendige Gemeinschaft der Einzelnen anschaut und erbaut, ihren Geist und Bewusstsein in sich trägt und in ihr das abgesonderte Dasein verliert und wiederfindet, nur dann hat er das höhere Leben und den Frieden Gottes in sich. Diese Gemeinschaft aber, durch welche so der Mensch an sich dargestellt wird oder wiederhergestellt, ist die Kirche. Sie verhält sich also zu allem Übrigen, was Menschliches um sie her und außer ihr wird, wie das Selbstbewusstsein der Menschheit in den Einzelnen zur Bewusstlosigkeit. Jeder also, in dem dieses Selbstbewusstsein aufgeht, kommt zur Kirche. Darum kann niemand wahrhaft und lebendig die Wissenschaft in sich haben, der nicht selbst in der Kirche wäre, sondern ein solcher kann die Kirche nur äußerlich verleugnen, nicht innerlich. Wohl aber können in der Kirche sein, die nicht die Wissenschaft in sich haben; denn sie können jenes höhere Selbstbewusstsein in der Empfindung besitzen, wenn auch nicht in der Anschauung. Welches eben der Fall bei den Frauen ist, und zugleich der Grund, warum sie sich umso inniger und ausschließender der Kirche anhangen. Diese Gemeinschaft nun ist als ein Werdendes auch ein Gewordenes, und als eine Gemeinschaft der Einzelnen ein durch Mitteilung derselben Gewordenes, und wir suchen also auch einen Punkt, von dem diese Mitteilung ausgegangen ist, wiewohl wir wissen, dass sie von jedem wieder selbsttätig ausgehen muss, auf dass der Mensch an sich auch in jedem Einzelnen sich gebäre und gestalte. Jener aber, der als der Anfangspunkt der Kirche angesehen wird, als ihre Empfängnis, so wie man die erste am Pfingsttage frei und selbsttätig ausbrechende Gemeinschaft der Empfindung gleichsam die Geburt der Kirche nennen könnte, jener muss als der Mensch an sich, als der Gottmensch, schon geboren sein, er muss das Selbsterkennen in sich tragen und das Licht der Menschen sein von Anfang an. Denn wir zwar werden wiedergeboren durch den Geist der Kirche. Der Geist selbst aber geht nur aus vom Sohn, und dieser bedarf keiner Wiedergeburt, sondern ist ursprünglich aus Gott geboren. Das ist der Menschensohn schlechthin. Auf ihn war alles Frühere Vorbedeutung, war auf ihn bezogen, und nur durch diese Beziehung gut und göttlich; ja in ihm feiern wir nicht nur uns, sondern alle, die da kommen werden, so wie alle, die gewesen sind, denn sie waren nur etwas, sofern er in ihnen war und sie in ihm. In Christo sehen wir also den Geist nach Art und Weise unserer Erde zum Selbstbewusstsein in dem Einzelnen sich ursprünglich gestaltet. Der Vater und die Brüder wohnen gleichmäßig in ihm und sind eins in ihm, Andacht und Liebe sind sein Wesen. Darum sieht jede Mutter, die es fühlt, dass sie einen Menschen geboren hat, und die es weiß durch eine himmlische Botschaft, dass der Geist der Kirche, der Heilige Geist in ihr wohnt, und die deshalb gleich ihr Kind mit ganzem Herzen der Kirche darbringt, und dies zu dürfen als ihr Recht fordert, eine solche sieht auch Christus in ihrem Kinde, und ebendies ist jenes unaussprechliche, alles lohnende Muttergefühl. Ebenso aber auch jeder von uns schaut in der Geburt Christi seine eigene höhere Geburt an, durch die nun auch nichts anderes in ihm lebt, als Andacht und Liebe, und auch in ihm der ewige Sohn Gottes erscheint. Darum bricht das Fest hervor wie ein himmlisches Licht aus der Nacht. Darum ist es ein allgemeines Pulsieren der Freude in der ganzen wiedergeborenen Welt, das nur die für eine Zeitlang kranken oder gelähmten Glieder nicht fühlen. Und ebendies ist die Herrlichkeit des Festes, die ihr auch von mir wolltet preisen hören; aber wie ich sehe, sollte ich nicht der Letzte sein. Denn der langerwartete Freund ist ja nun auch da.«

Josef nämlich war während dieser Rede gekommen, und so leise er auch hereintrat und sich niedersetzte, doch von Eduard bemerkt worden. »Keineswegs«, sagte er, als ihn Eduard so aufrief, »sondern du sollst gewiss der Letzte gewesen sein. Ich bin nicht gekommen, Reden zu halten, sondern mich zu freuen mit euch; und ihr kommt mir, dass ich es ehrlich sage, wunderlich und fast töricht vor, dass ihr dergleichen treibt, wie schön es auch mag gewesen sein. Aber ich merke es schon, euer schlechtes Prinzip ist wieder unter euch, dieser Leonhardt, der denkende, reflektierende, dialektische, überverständige Mensch, in den ihr wahrscheinlich hineingeredet habt, denn für euch hättet ihr es gewiss nicht gebraucht und wäret nicht darauf verfallen; ihm aber hilft es doch nicht. Und die armen Frauen haben sich das so müssen gefallen lassen! Bedenkt nur, welche schönen Töne sie euch würdig gesungen haben, in denen alle Frömmigkeit eurer Reden weit inniger gewohnt hätte, oder wie anmutig, aus dem Herzen voll Liebe und Freude, sie mit euch hätten plaudern können; was euch anders und besser würde bewegt und erquickt haben, als sie durch diese feierlichen Reden sind angeregt worden. Ich meinesteils kann heute damit gar nicht dienen. Alle Formen sind mir zu steif, und alle Reden zu langweilig und kalt. Der sprachlose Gegenstand verlangt oder erzeugt auch mir eine sprachlose Freude; die meinige kann wie ein Kind nur lächeln und jauchzen. Alle Menschen sind mir heute Kinder, und sind mir eben deshalb nur umso lieber. Die ernsthaften Falten sind einmal ausgeglättet, die Zahlen und die Sorgen stehen ihnen einmal nicht an der Stirn geschrieben, das Auge glänzt und lebt einmal, und es ist eine Ahnung eines schönen, neuen und anmutigen Daseins in ihnen. Auch ich selbst bin ganz ein Kind geworden, zu meinem Glück. Wie ein Kind den kindischen Schmerz erstickt und die Seufzer zurückdrängt und die Tränen einsaugt, wenn ihm eine kindische Freude gemacht wird, so ist mir heute der lange, tiefe, unvergängliche Schmerz besänftigt, wie noch nie. Ich fühle mich einheimisch und wie neugeboren in der besseren Welt, in welcher Schmerz und Klage keinen Sinn mehr haben und keinen Raum. Mit frohem Auge schaue ich auf alles, auch auf das tiefverwundete. Wie Christus keine Braut hatte als die Kirche, keine Kinder als seine Freunde, kein Haus als den Tempel und die Welt, und doch das Herz voll himmlischer Liebe und Freude: So scheine auch ich mein Leben eben danach zu trachten. So bin ich umhergegangen den ganzen Abend, überall mit der herzlichsten Teilnahme an allen Kleinigkeiten und Spielen, und habe alles geliebt und angelacht. Es war ein langer, liebkosender Kuss, den ich der Welt gab, und jetzt sollte meine Freude mit euch der letzte Druck der Lippe sein. Ihr wisst, wie ihr mir die Liebsten seid von allen. Kommt denn, und das Kind vor allen Dingen mit, wenn es noch nicht schläft, und lasst mich eure Herrlichkeiten sehen, und lasst uns heiter sein und etwas Frommes und Fröhliches singen.«

Dietrich Bonhoeffer war ein evangelischer Theologe, der schon mit 24 Jahren habilitierte und damit in der Lehre tätig war. Als Mitglied der Bekennenden Kirche lehnte er sich öffentlich gegen die Nationalsozialisten auf und schloss sich heimlich dem Widerstand an. Er erhielt Rede- und Schreibverbot, wurde inhaftiert und ins KZ Flossenbürg eingeliefert. 1945 wurde er auf Befehl Hitlers erschossen. Kurz zuvor hatte er noch zwei Weihnachtsriefe geschrieben: einen an seine Eltern, den anderen an seine Verlobte Maria von Wedemeyer, der besonders berühmt wurde aufgrund des darin enthaltenen Gedichts »Von guten Mächten treu und still umgeben«.

DIETRICH BONHOEFFER

Meine liebste Maria!

[Prinz-Albrecht-Straße] 19.12.44

Ich bin so froh, dass ich Dir zu Weihnachten schreiben kann und durch Dich auch die Eltern und Geschwister grüßen und Euch danken kann. Es werden sehr stille Tage in unsern Häusern sein. Aber ich habe immer wieder die Erfahrung gemacht, je stiller es um mich herum geworden ist, desto deutlicher habe ich die Verbindung mit Euch gespürt. Es ist, als ob die Seele in der Einsamkeit Organe ausbildet, die wir im Alltag kaum kennen. So habe ich mich noch keinen Augenblick allein und verlassen gefühlt. Du, die Eltern, Ihr alle, die Freunde und Schüler im Feld, Ihr seid mir immer ganz gegenwärtig. Eure Gebete und guten Gedanken, Bibelworte, längst vergangene Gespräche, Musikstücke, Bücher bekommen Leben und Wirklichkeit wie nie zuvor. Es ist ein großes unsichtbares Reich, in dem man lebt und an dessen Realität man keinen Zweifel hat. Wenn es im alten Kinderlied von den Engeln heißt: ›zweie, die mich decken, zweie, die mich wecken‹, so ist diese Bewahrung am Abend und am Morgen durch gute unsichtbare Mächte etwas, was wir Erwachsenen heute nicht weniger brauchen als die Kinder. Du darfst also nicht denken, ich sei unglücklich. Was heißt denn glücklich und unglücklich? Es hängt ja so wenig von den Umständen ab, sondern eigentlich nur von dem, was im Menschen vorgeht. Ich bin jeden Tag froh, dass ich Dich, Euch habe und das macht mich glücklich froh. –

Das Äußere ist hier kaum anders als in Tegel, der Tagesablauf derselbe, das Mittagessen wesentlich besser, Frühstück und Abendbrot etwas knapper. Ich danke Euch für alles, was Ihr mir gebracht habt. Die Behandlung ist gut und korrekt. Es ist gut geheizt. Nur die Bewegung fehlt mir, so schaffe ich sie mir bei offenem Fenster in der Zelle mit Turnen und Gehen. Einige Bitten: ich würde gern von Wilhelm Raabe: ›Abu Telfan‹ oder ›Schüdderump‹ lesen. Könnt Ihr meine Unterhosen so konstruieren, dass sie nicht rutschen? Man hat hier keine Hosenträger. Ich bin froh, dass ich rauchen darf! Dass Ihr alles für mich denkt und tut, was Ihr könnt, dafür danke ich Euch; das zu wissen ist für mich das Wichtigste. –

Es sind nun fast 2 Jahre, dass wir aufeinander warten, liebste Maria. Werde nicht mutlos! Ich bin froh, dass Du bei den Eltern bist. Grüße deine Mutter und das ganze Haus von mir. Hier noch ein paar Verse, die mir in den letzten Abenden einfielen. Sie sind der Weihnachtsgruß für Dich und die Eltern und Geschwister.

Von guten Mächten treu und still umgeben
Behütet und getröstet wunderbar, –
So will ich diese Tage mit euch leben
Und mit euch gehen in ein neues Jahr;

Noch will das alte unsre Herzen quälen
Noch drückt uns böser Tage schwere Last,
Ach Herr, gib unsern aufgeschreckten Seelen
Das Heil, für das Du uns geschaffen hast.

Und reichst Du uns den schweren Kelch, den bittern,
des Leids, gefüllt bis an den höchsten Rand,
so nehmen wir ihn dankbar ohne Zittern
aus Deiner guten und geliebten Hand.

Doch willst Du uns noch einmal Freude schenken
An dieser Welt und ihrer Sonne Glanz,
dann woll'n wir des Vergangnen gedenken,
und dann gehört Dir unser Leben ganz.

Lass warm und hell die Kerzen heute flammen
Die Du in unsre Dunkelheit gebracht,
führ, wenn es sein kann, wieder uns zusammen!
Wir wissen es, Dein Licht scheint in der Nacht.

Wenn sich die Stille nun tief um uns breitet
So lass uns hören jenen vollen Klang
Der Welt, die unsichtbar sich um uns weitet,
all Deiner Kinder hohen Lobgesang.

Von guten Mächten wunderbar geborgen
Erwarten wir getrost, was kommen mag.
Gott ist bei uns am Abend und am Morgen,
und ganz gewiss an jedem neuen Tag.

Sei mit Eltern und Geschwistern in großer Liebe und Dankbarkeit gegrüßt.

Es umarmt Dich
Dein Dietrich

Heinrich Manns Roman »Der Untertan« erschien 1914 und schildert, wie es der Untertitel ausdrückt, die »Geschichte der öffentlichen Seele unter Wilhelm II.«. Es geht dabei um eine Satire über den Opportunismus der Hauptgestalt Diederich Heßling, dessen unbedingter Aufstiegswille im Kaiserreich die eigene Familie ruiniert. Dies zeigt sich bereits in der Weihnachtsfeier, deren karikaturhafte Überzeichnung die Darstellungen seines Bruders Thomas in den »Buddenbrooks« wie dem »Zauberberg« weit überbietet.

HEINRICH MANN

Der Untertan

Aus Kapitel IV

So kamen denn traurige Weihnachten heran. Die Geschwister sprachen nicht miteinander; Frau Heßling verließ das verschlossene Zimmer, wo sie den Baum schmückte, nie anders als mit verweinten Augen. Und am Heiligen Abend, wie sie ihre Kinder hineinführte, sang sie ganz allein und mit zitternder Stimme »Stille Nacht«. »Dies schenkt Diedel seinen lieben Schwestern!«, sagte sie und machte ein bittendes Gesicht, damit er sie nicht Lügen strafe. Emmi und Magda dankten ihm verlegen, er besah ebenso verlegen die Gaben, die angeblich von ihnen kamen. Es tat ihm leid, dass er die gewohnte Christbaumfeier der Arbeiter, trotz Sötbiers dringendem Rat, abgelehnt hatte, um die unbotmäßige Gesellschaft zu strafen. Sonst hätte er jetzt mit den Leuten zusammensitzen können. Hier in der Familie war es eine künstliche Sache, eine Aufwärmung alter, verbrauchter Stimmung. Echt wäre sie erst geworden durch eine, die nicht dabei war: Guste ... Der Kriegerverein war ihm verschlossen, und im Ratskeller hätte er niemand gefunden, wenigstens keinen Freund. Diederich erschien sich vernachlässigt, unverstanden und verfolgt. Wie fern lagen die harmlosen Zeiten der Neuteutonia, als man in langen, von Wohlwollen beseelten Reihen sang und Bier trank. Heute, im rauen Leben, brachten keine wackeren Kommilitonen mehr einander ehrliche Schmisse bei, sondern lauter verräterische Konkurrenten wollten sich gegenseitig an den Hals. »Ich passe nicht in diese harte Zeit«, dachte Diederich, aß Marzipan von seinem Teller und träumte in die Lichter des Weihnachtsbaumes. »Ich bin doch gewiss ein guter Mensch. Warum ziehen sie mich in so hässliche Dinge hinein wie dieser Prozess und schaden mir dadurch auch geschäftlich, so dass ich, ach lieber Gott! den Holländer, den ich bestellt habe, nicht werde bezahlen können.« Dabei schnitt es ihm kalt durch den Leib, Tränen traten ihm in die Augen, und damit die Mutter, die immer ängstlich nach seiner sorgenvollen Miene schielte, sie nicht sähe, stahl er sich in das dunkle Nebenzimmer. Er stützte die Arme auf das Klavier und schluchzte in die Hände. Draußen stritten Emmi und Magda um ein Paar Handschuhe, und die Mutter wagte nicht zu entscheiden, wem sie beschert worden waren. Diederich schluchzte. Alles war fehlgeschlagen, in Politik, Geschäft und Liebe. »Was hab' ich denn noch?« Er öffnete das Klavier. Ihn fröstelte, er war so unheimlich allein, dass er Angst hatte, ein Geräusch zu machen. Die Töne kamen von selbst, seine Hände wussten es kaum. Aus Volksliedern, Beethoven und dem Kommersbuch klang es durcheinander in der Dämmerung, die sich traulich davon erwärmte, so dass einem wohlig dumpf im Kopf ward. Einmal meinte er, dass eine Hand ihm über den Scheitel streife. War es nur ein Traum? Nein, denn auf dem Klavier stand plötzlich ein volles Bierglas. Die gute Mutter! Schubert, weiche Biederkeit, Gemüt der Heimat … Es ward still, und er wusste es nicht, – bis die Wanduhr schlug: eine Stunde war vergangen! »Das war meine Weihnacht«, sagte Diederich und ging hinaus zu den andern. Er fühlte sich getröstet und gekräftigt. Da die Schwestern noch immer wegen der Handschuhe maulten, erklärte er sie für gemütlos und steckte die Handschuhe ein, um sie für sich umzutauschen.

Verzeichnis der Autorinnen und Autoren, Texte und Druckvorlagen

ROSE AUSLÄNDER (1901–1988)

17 New Yorker Weihnachten
Aus: R. A.: Hügel / aus Äther / unwiderruflich. Gedichte und Prosa 1966–1975. – © S. Fischer Verlag GmbH, Frankfurt am Main 8. Aufl. 1984.

DIETRICH BONHOEFFER (1906–1945)

130 Meine liebste Maria!
Aus: D. B.: Brautbriefe Zelle 92. Dietrich Bonhoeffer / Maria von Wedemeyer, 1943–1945. Hrsg. von Ruth-Alice Bismarck und Ulrich Kabitz. München: C.H. Beck, 1992. S. 208–210.

ELISABETH BORCHERS (1926–2013)

12 Dezember
Aus: E. B.: Zeit. Zeit. Gedichte. Berlin: Suhrkamp, 2018. – © 2018 Suhrkamp Verlag GmbH, Berlin. Alle Rechte vorbehalten.

CHARLES DICKENS (1812–1870)

51 Der Christbaum
Aus: Weihnachtsmärchen und Weihnachtsgeschichten. Hrsg. von Dr. Marc Färber. Meersburg am Bodensee: F. W. Hendel Verlag, 1932. S. 603–616.

THEODOR FONTANE (1819–1898)

30 (1) Verse zum Advent
81 (2) Weihnachten 1859
Aus: Th. F.: Unwiederbringlich. Hrsg. von Sven-Aage Jorgensen. Stuttgart: Reclam, 1986. S. 177. (1)
Aus: Th. F.: Sämtliche Werke. Bd. 6. München: Carl Hanser, 1959–1975, S. 409. (2)

EMANUEL GEIBEL (1815–1884)

13 Weihnacht
Aus: Emanuel Geibels gesammelte Werke in acht Bänden. Bd. Neue Gedichte. Gedichte und Gedenkblätter. Stuttgart: J. G. Cotta'sche Buchhandlung, 1883. S. 169-170.

E. T. A. HOFFMANN (1776–1822)

32 Der Weihnachtsabend
Aus: E. T. A. H.: Nussknacker und Mausekönig. Stuttgart: Reclam, 2022. S. 7–10.

AUGUST HEINRICH HOFFMANN VON FALLERSLEBEN (1798–1874)

15 Morgen kommt der Weihnachtsmann
Aus: Deutscher Musenalmanach für das Jahr 1837. 8. Jg. Hrsg. von Adelbert von Chamisso. Leipzig: Weidmann, 1837. S. 294.

LEO DER GROSSE (um 400–461)

87 Zweite Predigt auf Weihnachten
Aus: Des heiligen Papstes und Kirchenlehrers Leo des Großen Sämtliche Sermonen. Aus dem Lateinischen übersetzt von Dr. Theodor Steeger. 1. Teil: Sermo I – XXXVIII. München: Kösel und Pustet, 1927. S. 78–86.

MARTIN LUTHER (1483–1546)

9 Vom Himmel hoch, da komm ich her
Aus: Lieder zur Weihnacht. Texte und Melodien. Stuttgart: Reclam, 2006. S. 18 f.

HEINRICH MANN (1871–1950)

134 Aus Kapitel IV
Aus: H. M.: Der Untertan. Hrsg. von Werner Bellmann. Stuttgart: Reclam, 2021. S. 201–203.

THOMAS MANN (1875–1955)

36 Weihnachtsabend
Aus: T. M.: Buddenbrooks. Verfall einer Familie. Frankfurt a. M.: S. Fischer, ^{10}2008. S. 528–538. – © S. Fischer Verlag, Berlin 1901. Alle Rechte vorbehalten S. Fischer Verlag GmbH, Frankfurt am Main. [Der Titel wurde vom Verlag formuliert.]

JOSEPH FRANZ MOHR (1792–1848)

83 Stille Nacht! Heilige Nacht!
Aus: Lieder zur Weihnacht. Texte und Melodien. Stuttgart: Reclam, 2006. S. 72 f.

EDUARD MÖRIKE (1804–1875)

49 Die heilige Nacht
Aus: E. M.: Sämtliche Werke in zwei Bänden. Bd. 2. Hrsg. von Helga Unger und Jost Perfahl. München: Winkler, 1970.

RAINER MARIA RILKE (1875–1926)

31 (1) Weihnacht
85 (2) Geburt Christi
Aus: R. M. R.: Sämtliche Werke. Hrsg. vom Rilke-Archiv. In Verbindung mit Ruth Sieber-Rilke. Besorgt durch Ernst Zinn. 6 Bde. Bd. 1: Gedichte. Erster Teil (2) Bd. 3: Jugendgedichte. (1) S. 673f. Wiesbaden / Frankfurt a. M.: Insel. 1955–1966.

FRIEDRICH SCHLEIERMACHER (1768–1835)

97 Die Weihnachtsfeier. Ein Gespräch
Aus: F. S.: Monologen. Eine Neujahrsgabe. Die Weihnachtsfeier. Ein Gespräch. Leipzig: F. A. Brockhaus, 1896. S. 98–103, 132–158.

DOROTHEE SÖLLE (1929–2003)

11 In dieser nacht
Aus: D. S.: Meditationen & Gebrauchstexte. Gedichte. 1969. S. 39. – © Wolfgang Fietkau Verlag.

THEODOR STORM (1817–1888)

19 (1) Marthe und ihre Uhr

79 (2) Weihnachtsabend

Aus: T. S.: Immensee und andere Novellen. Stuttgart: Reclam, 2022. S. 45–52. (1)

Aus: T. S.: Sämtliche Werke. Neue Ausgabe in drei Bänden. Bd. 3. Braunschweig: G. Westermann, 1918. S. 557–558. (2)

JOSEF WEINHEBER (1892–1945)

78 Dezember

Aus: J. W.: Sämtliche Werke. Bd. 1: Gedichte. Hrsg. von Josef Nadler und Hedwig Weinheber. Salzburg o. J. S. 345.

ERNST VON WILDENBRUCH (1845–1909)

27 Weihnacht

Aus: E. v. W.: Gesammelte Werke. 15. Band: Gedichte und kleine Prosa. Berlin: G. Grote'sche Verlagsbuchhandlung. S. 192–193.